外国名作家文集　鲍里斯·维昂卷

空心人

L’Arrache-cœur

[法] 鲍里斯·维昂／著
徐晓雁／译
Boris Vian

漓江出版社
·桂林·

图书在版编目 (CIP) 数据

空心人 / (法) 鲍里斯·维昂著；徐晓雁译 .-- 桂林：漓江出版社，2022.12

（外国名作家文集 . 鲍里斯·维昂卷）

ISBN 978-7-5407-9143-8

Ⅰ . ①空… Ⅱ . ①鲍…②徐… Ⅲ . ①长篇小说—法国—现代 Ⅳ . ① I565.45

中国版本图书馆 CIP 数据核字（2021）第 185431 号

KONGXINREN

空心人

［法］鲍里斯·维昂　著

徐晓雁　译

出版人：刘迪才

策划编辑：张谦

责任编辑：黄彦

书籍设计：石绍康

责任监印：张璐

出版发行：漓江出版社有限公司

社址：广西桂林市南环路 22 号　邮编：541002

发行电话：010-65699511　0773-2583322

传真：010-85891290　0773-2582200

邮购热线：0773-2582200

网址：www.lijiangbooks.com

微信公众号：lijiangpress

印制：北京中科印刷有限公司

［北京市通州区宋庄工业区 1 号楼 101 号　邮编：101118］

开本：880 mm × 1230 mm　1/32

印张：7.625　字数：185 千字

版次：2022 年 12 月第 1 版　印次：2022 年 12 月第 1 次印刷

书号：ISBN 978-7-5407-9143-8

定价：49.80 元

总　序

在法国文坛，乃至在世界文坛，像维昂这样在那么短暂的生命中从事过那么多活动、涉足过那么多领域、创造出那么多作品的作家，实属罕见。他是小说家、工程师、爵士乐小号手、剧作家、翻译家、作曲家、诗人、画家、乐评家，还演过电影，录过歌，导过歌剧，当过大型音乐公司的艺术总监，写过导游手册。他在每个行业都干得风生水起，留下大量杰作。

我们在这里只谈他的小说，主要是长篇。

维昂共创作了长篇小说 11 部，生前出版 9 部，死后 1 部，未完成 1 部；7 部以鲍里斯·维昂本名出版，4 部以韦尔侬·沙利文为名，谎称是译著，自己冒充译者。此外，他还写了 60 多部中篇，收入 5 部小说集中。

维昂的处女作小说是《供文化程度中等者阅读的童话》，这是他在妻子米歇尔住院开刀时，为了给妻子解闷而写的，完全是一部自娱自乐的作品，算不上是严格意义上的小说，所以作者把它叫作“童话”，写的是一个王子骑着马出发寻找当时罕见的食糖，一路险遇，一身荒唐，引人发笑。作品有三个版本，其中最完整的那个版本有作者画的插图。

但大家都把《脑包虫和浮游生物》当作维昂的第一部小说，因为《供文化程度中等者阅读的童话》并未写完。和“童话”一样，“脑包虫”也是一部游戏之作。由于在工作单位闲得发慌，维昂便用写作来打发时间，讲述的是自己身边的事：一方面是阿弗雷城家庭聚会的狂欢，另一方面是在法国标准化协会工作的沉闷。故事在巴黎与郊区两地之间穿插变换，作者的大部分朋友都漫画式地出现在书中，尤其是好友“少校”。“少校”在书中爱上了姑娘齐扎妮，但姑娘的监护人不同意他们的婚事，于是“少校”施展了一系列诡计，最终抱得美人归。书中有个名叫昂提奥什·汤布雷的人，是“少校”形影不离的伙伴，其实写的就是作者自己。作品具有荒诞色彩，大玩文字游戏，使用了许多新词，典型的“有话不好好说”。书名带有暗示意义，“浮游生物”暗指无聊、轻浮，“脑包虫”（vercoquin）隐射玻璃制品（verrerie），维昂在法国标准化协会具体负责的项目就是玻璃制品的标准化工作。

小说由维昂口述，米歇尔打字，1944 年动手，当年基本完成，后来有所补充和修改。维昂把书题献给隔壁的大作家让·罗斯坦，并在朋友圈中传阅。稿子传到了罗斯坦的儿子弗朗索瓦手里，弗朗索瓦拿去给父亲看。罗斯坦觉得挺有意思，便把它推荐给他熟悉的著名作家格诺。格诺是伽利玛出版社审读委员会委员，刚刚设立一套丛书，叫

“风中之羽”，想收入一些边缘化但具有挑衅性的作品，即反常规的小说，目的是让读者发笑，忘记战争的伤痛。格诺读了维昂的稿子之后觉得很符合丛书的要求，便约见了维昂，建议做些修改，主要是减少书中对小说家的调侃。格诺和维昂有着共同的爱好，都“喜欢文字游戏，喜欢电影和爵士乐，艺术趣味广泛”，这使他们很快就成了忘年交——格诺比维昂大17岁，后来成了他在文坛的保护人。1945年，在格诺的安排下，维昂与伽利玛出版社签了合同，第二年，小说出版。

《脑包虫和浮游生物》的出版，让维昂深受鼓舞。从此，写作从个人游戏变成了一种内在的需要。在格诺的推荐下，他走向了文坛，认识了许多记者和编辑，尤其是与萨特和波伏瓦的友谊使他很快就成了《现代》杂志的作者之一，讲述“少校”充满诗情画意的旅行故事的《蓝色的鹅》就发表在该刊上，另一部中篇《临时演员》则写他第一次拍电影的经历，这些作品后来都收在中篇小说集《蚂蚁》当中。

1946年3月，维昂开始写《岁月的泡沫》，三个来月就写完了，讲述的是一个荒诞不经而又感人至深的爱情故事。在给新闻界提供样书时所附的插页中，他自己是这样概括书的内容的：“科兰遇到了柯萝爱。他们相爱，结婚。柯萝爱病了，科兰不惜倾家荡产去救她，但医生无能为力。柯萝爱死了，科兰也活不下去了。”

《岁月的泡沫》被格诺称为“当代最凄婉动人的爱情小说”。科兰刚刚追到他的柯萝爱，柯萝爱就在新婚蜜月旅行途中得了怪病，肺部长了一朵睡莲，从此长期卧床不起。为了给妻子治病，购买能减轻妻子病痛的鲜花，科兰倾其所有，四处求职，不惜从事低下而繁重的工作，受尽非人的折磨。如果到此为止，这部小说还只是一部普通的爱情小说，不足以反映维昂过人的才气。维昂的神来之笔在于，他还在书中浓墨重彩地写了一只甘愿为主人牺牲的灰鼠。科兰为爱憔悴，徒劳地向睡莲复仇，竟连他养在家中的那只宠物鼠也悲痛欲绝，无法承受，最后把自己送到猫的嘴里，以求了断。

除了科兰与柯萝爱，小说中还描写了另一对情侣西克和阿丽丝。西克本来就不富裕，却疯狂地迷上了让－萨尔·保特（暗指萨特），搜集他的每一部作品，不惜花光准备用来置办婚礼的钱，最后破产，因逃税而被捕。阿丽丝愤而纵火烧毁书店，杀死让－萨尔·保特，自己也葬身火海。

小说中充满奇特的想象，许多情节荒诞离奇，让人难以置信，如科兰利用自身的热量制作枪筒，柯萝爱肺部长出永远无法根除的睡莲，钢琴能调出鸡尾酒……作者把现实的和超现实的描写巧妙地结合在一起，多层次、多色调地折射出社会生活。作者在前言中说，小说的故事彻头彻尾是他想象出来的，但从现实中汲取了真实的故事。换言之，这是现实的反映，但背景有所失真。小说综合了他各时期的经历，“有很多的快乐，也有一点小小的危险，心里觉得受到了威胁”：死亡的威胁、疾病的威胁。

《岁月的泡沫》仍被格诺收入“风中之羽”丛书，印了4000册，但没卖出几本，媒体也没什么反应，这让维昂大失所望。此时，维昂正陷入“韦尔侬风波”中，他冒充译者以“韦尔侬”名义出版的《李·安德森的复仇》正面临着指控和起诉。这本书的故事发生在美国南部，表现的是美国黑人艰难的生存状态，是当时最大胆的反种族主义的小说之一。李·安德森的母亲是个混血儿，他弟弟因为爱上一个白人女孩而被杀死。他离开家乡来到另外一个城市，在一家书店当店员，并与当地的一群酗酒且男女关系混乱的年轻人为伍，以强奸、虐待和残害白人女孩来为弟弟复仇。这部作品与维昂署真名的小说风格完全不同，充满了触目惊心的暴力场景，也是“韦尔侬”系列中最有代表性的一部。

1946 年 9 月，假期结束后，维昂的生活恢复常态，继续回纸张管理办公室上班，同时想着下一部小说，打算用一个既真实又荒诞的故事来赞扬人类的巨大毅力。这部名叫《北京的秋天》的小说跟北京没有关系，跟秋天也没关系，写的是一批工程师进驻一个沙漠，建造一条铁路，背景不清楚，铁路的用途也不清楚。施工现场有人进行考古发掘，也有人寻找“信仰之线”，铁路管委会则设在当地唯一的一家宾馆里，宾馆将来要被铁路一分为二。维昂的小说人物一般都很少，这部作品却有三十多个。爱情故事是避免不了的，但这回是三角恋，两个工程师爱上了同一个女人罗歇尔。故事滑稽而幽默，作者把自己痛恨的几个人写进了小说，那个凶悍而好为人师的神甫佩蒂·让无疑是与他争夺七星奖的格罗斯·让，总是被称为“混蛋”的工头阿尔朗与反对他得奖的审读员马塞尔·阿尔朗同名，而行政委员会主任于尔絮·鲍伯朗男爵显然指的就是波朗。《北京的秋天》是维昂在1947年写的第三部小说，他仍希望能由伽利玛出版社出版，但遭到了拒绝，也许是因为结构太怪，也许是因为影射了审读委员会的若干成员，也许是因为前两部小说没有反响。不得已，维昂只好把书稿交给出版过《李·安德森的复仇》的让·阿吕安出版，但它跟后来的中篇小说集《蚂蚁》一样，完全卖不动。

1948年，尽管《李·安德森的复仇》受到攻击，维昂还是把它改编成戏剧，搬上了舞台，但只演出了三个月。当年夏天，他开始写《红草》，这是一部科幻小说，也许是他写得最上心的作品，写得很慢，不断地修改，换书名，叙述结构多次打乱重组。小说讲的是一个名叫沃尔夫的工程师设计和制造了一台忘忧机，可以让人回到过去，重新审视和分析自己的经历。在他回去的每个阶段，都有许多人请他讲述和解释当年之所以那么做的理由——关于他的工作、生活、学习、家庭、爱情、宗教，为什么这样选择而不是那样？通过沃尔夫和那些人的对话，维昂探讨了一些哲学问题。这部作品让人想起威尔斯和卡夫卡的小说，它使作者得以回到内心，逐一检视自己的过去，让沉入心底的东西浮出表面，以便更好地排遣。这其实是一种心理分析，但维昂避免使用这个词，因为他对这一学科不是太尊重。

这部倾向于内心分析的小说尽管跟维昂的其他小说一样有不少黑色幽默的成分，但明显流露出作者的不安。如果说，小说中的沃尔夫不是维昂，维昂起码在书中想驱除心中不愉快的记忆：被家长溺爱的童年，担心性病的传播，生怕考不到文凭……《红草》首次预示了维昂即将到来的心理危机。这已经是他的第8部小说了，他仍希望能在伽利玛出版社出。具有讽刺意义的是，向他宣布坏消息的正是他的朋友格诺本人。格诺为他的朋友感到遗憾，在1949年12月22日的信中，他告诉维昂，马塞尔·阿尔朗对这部小说“持保留意见”，加斯东则采取了“紧缩限制政策”。

1950年，维昂又在酝酿一部小说《空心人》。这次，他将近距离地直视童年问题。故事发生地点让人想起维昂家战前的避暑地科唐坦。克莱芒蒂娜难产，心理医生雅克莫尔赶到村里替她接生后与她进行了一场谈话，发现村里怪事多多：老人被拍卖；偷腥的种马被钉上大钉子；不产奶的母牛被肢解；孩子们被当作奴隶，一犯错便遭受折磨、肢解、杀害……克莱芒蒂娜的原型是维昂的母亲，这个人物溺爱孩子，精神过于敏感，是偏执狂，为了保护自己的三胞胎，她把他们关在铁笼子里，脚上绑着铁块。

这部小说被认为是维昂最好的作品之一，美好的东西与恐怖的事物形成对比，黑色幽默伴随着阴森可怕的描写，让人发笑，也让人辛酸。小说情节怪异，时空倒错，对潜意识的探究和天马行空的想象使其带有强烈的超现实主义色彩。雅克莫尔是一个“新式”的心理医生，他的头脑突然就空了，没了知识，没了意愿，没了用途，成了一个没有过去、没有记忆的空空的需要填充的心理医生。但他尽管“空”，却渴望学习，好让自己肚子里有货。他通过心理分析来充实自己：分析了一只猫，猫空了，他却学会了猫的动作和习惯；分析了专门收集邻村耻辱的村民拉格罗伊之后，他终于在生活中找到了位置。

《空心人》是三部曲“王后的女儿们”的第一部，但书稿再次被伽利玛出版社拒绝，理由是背景太“做作”。维昂在给乌苏拉的一封信中表达了自己的痛苦：“我知道很难读……我写笑话，写出来像是真实的，但我写真实的东西，人们却以为是笑话。”1953年，小说在一家无名出版社出版，格诺给了他一个安慰奖，并写了一篇热情洋溢的文章。但小说仍遭到失败，除了《艺术》杂志提到过这本书，其他媒体缄口不语。维昂愤怒而绝望，决定从此不再写小说。

以维昂为名写作的小说几乎全线覆灭，但“韦尔侬”的小说却非常畅销。《李·安德森的复仇》一年间销售了50多万册。《死者全都一个样》也不示弱，这部小说讲述的混血儿丹虽是黑人出身，却一身白皮肤。他成功地跻身于白人社会，过着优越的生活，直至一个自称是他弟弟的男子到来。该男子向他勒索钱财，威胁他说如果不给钱，便把他的出身公之于众。丹被迫杀死了这个“弟弟”。维昂以韦尔侬为名出版的第三部作品叫《杀死所有的坏家伙》，是一部侦探小说，故事发生在洛杉矶的一家夜总会里。主人公是一个年轻的美男，叫洛克·贝利，深受女士们喜欢。然而，他拒绝了她们，希望守身如玉直到20岁。一天晚上，他被人灌了毒，绑架到舒兹医生的诊所里，被强迫与一个漂亮的姑娘做爱，他拒绝了。事后，他与朋友们对舒兹医生的底细进行了调查……和“韦尔侬”的其他作品不同，这部小说不再采取当时流行的美国侦探小说的样式，而是靠近署维昂真名的作品，故事诙谐滑稽，情节一波三折。

1950年夏，维昂又以韦尔侬为名出版了第四部小说《她们没有意识到》，讲述两兄弟与贩毒集团周旋的故事。性与黑色幽默，“韦尔侬”的这两个标签在这部小说中得到了集中的反映。故事发生在华盛顿，迪肯去参加女友加娅组织的一场化装舞会，惊讶地发现她要结婚了，而未婚夫竟然是黑帮分子。在兄弟里奇的帮助下，他想弄清这桩反常的婚姻到底是怎么回事。

尽管维昂没有去过美国，但书中的地方色彩却相当浓，背景也描写得非常真实，还使用了许多美国俗语。为了更好地表现上世纪50年代美国的时代气息，作者引入了一些美国文化元素，如《金赛性学报告》和波托马克河上的汽艇。书中有大量的性描写——爱情中的性，倒错的性，尤其是女同性恋，让人大跌眼镜。书中的那些同性恋女子在恋爱的时候，“并没有意识到”自己错过了什么。

作为小说家的维昂在生前是失败的，如果说他署名“韦尔侬”的作品获得了些许成功的话，他以本名发表的小说却一再受到冷落，不被出版人和同代人理解，而他看重的却是这些小说，认为那才是他真正的作品，体现了他真正的文学才能。但他的观念太超前，奇特的想象力在战后老人掌权的法国文坛难以被人接受，他的黑色幽默常使人尴尬和无措，他在书中大量玩弄文字游戏又使语言纯洁主义者感到不悦，读惯传统作品的读者无法忍受他的肆意妄为和天马行空，加上他又喜欢在小说中影射他人，这就更让文坛的那些大佬生气。而且，他从事了太多的工作，尤其是在音乐方面名声太响、影响太大，遮住了他在文学方面的成就，因此他的文学创作往往会被文人们认为太业余，这就使得他在文坛上步履艰难。尽管有格诺、普雷维尔等名人的支持，但反对他的势力同样强大，本来可以成为他的大靠山的萨特又因与他太太的微妙关系而成了“叛徒”，他在文坛上出局似乎不可避免。

然而，在他死后，尤其是到了法国“68 学运”之后，他的价值渐渐被人认识，追求自由、反叛社会、寻找个人价值的年轻一代在他身上看到了自己想寻找的东西，他那种蔑视传统、无所畏惧的精神获得了年轻人的尊敬，他们在他的嬉笑中找到了严肃的东西，又在严肃的东西里面找到可笑的成分。这位工程师不拘一格的语言中隐藏着诗意的故事，生存的艰难、时光的流逝、死亡的威胁在他的小说中呈现出梦幻般的色彩。他们喜欢他的幽默，欣赏他不竭的创造力和不倦的探索，钦佩他不断挑战成见的勇气。被吉贝尔·佩斯图罗称为“我们这个时代的流星”的作家并未转瞬即逝；相反，这颗流星落地后发出了神奇的光芒，随着岁月的洗涤，显得越来越璀璨夺目。维昂生前勉强出版、无人喝彩的小说，在他去世后一再重版，光是袖珍丛书就出了 30 多种;《红草》至今已销售了 100 多万册;《空心人》每年销量在

1.5 万册左右，总销量达到了 170 万册；连《脑包虫和浮游生物》也卖了 18 万册，截至 2009 年维昂去世 50 周年，总销量达到了 27 万册。1999 年至 2003 年，法雅尔出版社在五年时间里出齐了他的作品全集，洋洋洒洒 15 卷；2010 年，曾无情地拒绝他的伽利玛出版社把他的作品收入了“七星文库”，这表明，他们已正式把他列入一流作家的行列；2011 年，法国国家图书馆为维昂举办了一个大型展览，展出了维昂的大量手稿和物品，包括他的《供文化程度中等者阅读的童话》和《十四行诗百首》的手稿；2013 年，《岁月的泡沫》再次被拍成电影，同名小说蹿上图书销量排行榜榜首，这部作品自从被选为法国学生的教材之后，每年的销量都在 10 万册以上，被译成了 17 种外文，成了学界研究的课题。正如评论家安德烈·克雷雅所言：“如果说，他（维昂）在短暂的一生中，从事了许多各种各样的活动，那么，今天，他的名字已列入法国文学最重要的作家当中。”

胡小跃

2013 年 12 月

2022 年 9 月修订

目录

第一部分

第二部分

第三部分

空心人

第一部分

一

小路紧贴峭壁，路边一丛丛盛开的卡拉米娜花[1]和逐渐凋零的布鲁约丝，发黑的花瓣铺满路面。尖头昆虫在地上挖了无数小洞，踩在脚下就像踩一块僵死的海绵。

雅克莫尔[2]不紧不慢往前走，看着卡拉米娜暗红色的花蕊在阳光下搏动，每一次弹跳，都扬起一层花粉，花粉随即坠落到叶片上。叶子轻轻抖动，昆虫绕花飞舞，漫不经心。

峭壁脚下传来阵阵低沉的海浪声，雅克莫尔止步，俯身看悬崖。陡峭险峻的深壑，海浪扑进礁石的空穴，泛起阵阵白沫如七月的霜，散发着海藻的腥味。雅克莫尔一阵眩晕，跪倒在夏天的草地，伸直双手紧抵地面。这时他触碰到一些边缘不规整的奇怪羊粪蛋，观察一下后他得出结论，这些动物中有一头索多姆公山羊，他本以为这种动物已经灭绝。

现在，他不再那么害怕，敢重新把头探出悬崖。红色的巨大岩石垂直插入不那么深的海水，似乎又立刻反弹到山梁，形成一排陡峭的

① 这里的卡拉米娜花（Calamine）和布鲁约丝（brouillouse）以及下文出现的各种植物，都是维昂利用文字游戏，自创的植物名称。每一个新造的单词又能让人联想到实际存在的单词。Calamine 源自一种矿石，brouillouse 让人联想到 buisson（灌木）和 pelouse（草坪）。

② 雅克莫尔的原文 Jacquemort，由雅克和死亡两个词组合而成。

红色绝壁，那正是雅克莫尔双膝跪地伸出脑袋的地方。

黑色暗礁一块块露出水面，潮水的浸润仿佛给它们涂上一层釉彩，一圈圈浪花环绕周边。阳光侵蚀海面仿佛在用一些诲淫的涂鸦玷污它。

雅克莫尔起身继续上路。小路拐了个弯，他看到左侧叶片发黄的羊齿草和开花的欧石楠。裸露的岩石表面，潮水退去后留下一层层盐花。海岸内侧陆地陡峭隆起，羊肠小道顺着黑色坚硬的花岗石蜿蜒，某些地方散落着新的山羊粪，但羊没了，因为羊粪，守关的人宰了那些羊。

他加快脚步，突然进入阴凉地带，因为阳光已追不上他的步伐。凉爽的空气让他松了口气，他走得更快了。卡拉米娜花像连续不断的火舌晃过眼前。

凭着一些迹象，他知道自己快到了，于是捋了捋红棕色的山羊胡子，继续愉快上路。不一会儿，在两根锈蚀成棒棒糖状，像巨大门柱一样框住小路的大理石柱子之间，那座房子整个显露出来了。小路继续蜿蜒，房子看不见了，它本来在远处高耸的岩石上。等他穿过两块巨型黑石后，那座白房子终于一览无余，周围簇拥着奇异的树木，一条清晰可见的小径从栅栏门内伸出，懒洋洋地接上了这端的山路。雅克莫尔踏上小径，快到达山顶时，他奔跑起来，因为他已经听到了惨叫声。

正对房子台阶的围栏大门敞开着，一个手掌形状的指路牌指向一条红丝带，丝带沿楼梯一直通向一个房间。雅克莫尔顺着丝带来到床边，那位母亲正在被分娩的疼痛折磨得死去活来。雅克莫尔放下皮药箱，挽起袖口，到水槽边用肥皂洗了洗手。

二

安热尔独自在自己房间里，惊讶自己竟然没有感觉到痛苦。他听见妻子在隔壁呻吟，却不能过去握住她的手，因为她用手枪威胁他。她宁愿一个人惨叫，也不愿让人看见她现在的模样，因为她痛恨自己的大肚子。两个月来安热尔一直独自待着，等待一切尽快结束，他想到一些残废的人。他看到过报道，监狱的犯人像困兽一样打转，可是是什么困兽呢？他也经常团团转。他睡觉，努力在睡觉时只想着老婆的屁股，因为，看看她的大肚子，他宁可只从后背去想她。每两晚中有一晚，他会突然惊醒。总之，错已犯下，实在没什么可高兴的。

雅克莫尔的脚步声从楼梯传来，同时，女人的叫喊也停止了。安热尔大吃一惊，悄悄凑近房门，欲探究竟。但床脚挡住了他的视线，他瞪圆了眼睛也未能看清。他直起身子竖起耳朵，当然不会把耳朵递给任何人[①]。

① 这里维昂玩了一个文字游戏。

三

雅克莫尔把肥皂搁在水槽边，用毛巾擦干手，打开药箱。不远处的电炉上烧着一锅沸水，他把指套放入沸水中消毒后熟练地套在指上，他要看看那女人究竟是怎么回事。

看完后，他直起腰带着厌恶的语调说：

“有三个呢！”

“三个……”产妇喃喃道，十分吃惊。

少顷，她又开始惨叫，因为腹痛再次袭来。

雅克莫尔从药箱取出几粒强身健体的药丸吞下，他有这需要。随后，他摘下一把长柄勺猛敲地面，示意仆人赶快上楼。他听到楼下奔跑的声音，有人上楼。女仆出现了，像中国人披麻戴孝般穿着一身白衣。

“准备一下器具。”雅克莫尔吩咐道，“你叫什么？”

“我叫居勒布朗[①]，先生。”她带着浓重的乡村口音答应道。

“这样啊，那我宁可不叫你名字。”雅克莫尔嘟哝道。

姑娘不再吭声，开始擦拭那些镍铬器械。雅克莫尔靠近床头，那女人忽然停止了喊叫，她已痛得发不出声。

① 原文Culblanc，是维昂自创的词，把cul和blanc合并一起，是“白屁股”的意思。

雅克莫尔从药箱中拿出工具，用一只手熟练地剃光耻毛，然后用白漆画出手术野。女仆看着他操作，有点惊讶，因为她产科方面的知识仅限于母牛产小牛。

“你有《拉鲁斯医学词典》吗？”他看着手中的毛刷问道。

问话时他也画完了圈，俯身把画线吹干。

“我只有《圣－埃蒂安武器与自行车产品法语总目录》[①]。”女仆回答。

“这有点儿麻烦。”雅克莫尔说，“不过目录册也可提供信息。”

他没听对方回答，不经意地朝一扇门看了一眼，门后面是焦躁不安的安热尔。

“是什么人在门后坐立不安？”

“是男主人……他被关起来了。”女仆答道。这时产妇从昏沉中醒来，发出一串凄厉的叫喊，拳头握紧又松开。雅克莫尔转向女仆。

“你有脸盆吗？”他问。

“我去找一个。”女仆回答。

“动作快点，笨女人，”雅克莫尔说，“难道你想让她弄脏这套床单？”

她一阵风似的跑出去，雅克莫尔满意地听着她在楼梯上跌跌撞撞。

他凑近产妇，温柔地抚摸她痛苦的脸。她痉挛的双手一把抓住他的手腕。

“您想见您丈夫吗？”他问。

“哦，是的，但先把那边柜子里的手枪给我……”她回答。

雅克莫尔摇摇头。女仆回来了，拿了一只给狗剪毛的腰子形盆子。

“我只找到这个，凑合着用吧。”她说。

---

① 这是法国二十世纪二三十年代比较著名的邮购公司的目录。

“帮我把它塞到她屁股下。”雅克莫尔说。

“盆口有点锋利。”女仆提醒道。

“确实，”雅克莫尔点点头，“你们就是这样惩罚小狗。”

“这可扯不到一起。”女仆嘟哝道，“她又没做什么坏事。”

“那她做过什么好事？”

产妇臃肿的后背贴在扁平的盆口。

“现在该怎么办呢？”雅克莫尔叹了口气，“这可不是心理医生干的活呀……”

四

他踌躇着，拿不定主意。产妇闭上了嘴，女仆站着，呆呆看着他。

“她得先破羊水。”女仆说。

雅克莫尔没有动，表示同意。接着，他似乎受到震动，抬起头。光线暗了下来。

“是太阳躲起来了吗？”他问。

女仆出去看了看，悬崖后的白昼不见了，一阵无声的风刮过。

她回来，有点担心。

“我不知道发生了什么事……”她低声道。

屋子里，除了壁炉上方镜子周边闪着微光，其他什么都看不见了。

“我们坐下来等待吧。”他柔声建议道。

窗外飘来一股夹杂着尘土的苦涩青草味，天色已全暗黑。在黑魆魆的房间里，产妇开始说话。

“我再也不愿遭这样的罪，永远都不要！”她高声尖叫。

雅克莫尔捂住耳朵，她尖厉的声音就像指甲划过铜器，女仆吓得哭起来。那声音钻进雅克莫尔脑袋仿佛能穿透头颅。

“他们快出来了，”产妇狞笑着说，“他们快出来，他们要痛死我了啊，这还只是个开头。”

床在嘎吱晃动，产妇喘着粗气沉默了一会儿，又哀号：

“这种痛就是为了在以后很多很多年里，每时每刻都让我一直痛苦。”

“行了。”雅克莫尔低声呵斥道。

现在，产妇的嗓子已喊哑，心理医生的眼睛也渐渐习惯镜子发出的微弱反光。他看到那个女人呻吟着，身体扭成一团，四肢拼命用力，发出一声声凄长的惨叫，那声音在雅克莫尔耳朵里盘旋，仿佛一团黏稠的浓雾堵住了耳膜。突然，在她抬高的双腿间依次露出两团东西。他能猜到女仆的动作，她正克服恐惧，用床单裹起两个新生儿。

“还有一个呢。”他自言自语。

那个受尽折磨的母亲，似乎放弃了一切挣扎。雅克莫尔站起身，第三个孩子出来了，他敏捷地抓住孩子，帮助产妇娩出。筋疲力尽的产妇瘫倒在床上。黑暗被无声撕裂，光线照进了房间。产妇歇息着，头歪到一边，艰难的产程蹂躏了她的脸。雅克莫尔擦擦脖子和额头，惊讶地听到外面花园里有响动。女仆包好最后一个婴儿，把他放在另两个孩子旁边。她到衣柜里找出一条床单，沿长边抖开。

“我要把她的肚子绑起来，”女仆说，“她得睡一会儿，您走吧。”

“你剪断脐带了吗？要扎紧一点。”雅克莫尔担心地问。

“我打了玫瑰结。”女仆说。这样很牢，还很好看。

雅克莫尔心不在焉地点点头。

“您可以去看一下先生。”女仆提议。

雅克莫尔靠近那扇门，安热尔就在门后。雅克莫尔转动钥匙走了进去。

五

安热尔坐在一把椅子里，背弯成了弓，身体里似乎还回荡着克莱芒蒂娜的惨叫声。听到门锁响，他抬起头，心理医生红棕色的胡子吓了他一跳。

“我叫雅克莫尔，”这一位自我介绍道，“我路过这里，听到了叫喊声。”

“那是克莱芒蒂娜，”安热尔说，“一切还顺利吗？结束了，是吗？”

“您当了三次父亲。”

安热尔大吃一惊：

“三胞胎？”

“一对双胞胎，外加一个单独的。”雅克莫尔更正道，“第三个晚了许久才出来，这是他很有性格的迹象。”

“她怎么样？”安热尔问。

“她很好，”雅克莫尔说，“过一会儿您就可以去看望她。”

“她非常恨我，”安热尔说，“她把我关起来。”

出于礼节，他加了一句：“您想喝点什么吗？”

他艰难地站起身。

“谢谢，现在不喝。”雅克莫尔回答。

“您来这里做什么？”安热尔问，“来度假吗？”

“是的，”雅克莫尔回答，“我想住您家感觉应该不错，既然您这么提议。”

“您路过这里，真是我们的运气啊。”

“没有医生来吗？”雅克莫尔问。

“我被反锁起来，没能张罗这事。”安热尔说，“都是农场的那姑娘在帮忙照料，她很忠心的。”

“嗯……”雅克莫尔说。

他们都不说话了。雅克莫尔叉开五指梳理他的红胡子，他的蓝眼睛在照进屋里的阳光下闪闪发亮。安热尔仔细打量了他一番，心理医生穿一身料子柔软的黑色套装，长及脚踝的紧身裤和一件长外套，扣子一直扣到衣领。脚上穿了一双镂空的黑色抛光皮凉鞋，领口露出淡紫色的绸缎衬衣。他穿得可真是简约。

“我很高兴您能留下来。”安热尔说。

“现在，去看看您妻子吧。”雅克莫尔提议道。

六

克莱芒蒂娜没有动，平躺着眼望天花板。两个小家伙在她右侧，第三个在左侧。女仆已收拾好房间，阳光悄然洒落窗棂。

“明天给他们断母乳吧，”雅克莫尔说，“她没法喂完两个还要喂第三个；再说，那样恢复起来更快；第三，她也能保持美丽的胸脯。”

克莱芒蒂娜激动起来，朝他们转过头，睁开沉重的眼睛说：

“我自己喂他们，”她说，“三个都喂，这毁不了我的胸脯。如果真毁了，我还巴不得呢。反正我再不想取悦任何人。”

安热尔上前想抚摸她的手，她把手抽开。

“够了，我可不想重新开始。”

“你听我说。”安热尔低声道。

“走开，”她疲倦地说，“我现在不想看见你，看见你我就难受。”

“你没有感觉好受一点吗？”安热尔问，“看……让你那么烦恼的大肚子现在没有了。”

“加上绑腹的床单，到您能起床时，看不出任何痕迹。”雅克莫尔说。

克莱芒蒂娜挣扎着半坐起来。她喘着气低声道：

“我能感觉好受吗？嗯？像这样……刚刚经历了……肚子被撕裂，背脊钻心疼，骨盆散架，眼睛布满血丝……我得尽快恢复，好好听话，然后重新拥有骄人的身材，扁平的腹部，坚挺的乳房……好让你，或者另一个男人把我压在身下，把那些脏东西射到我体内，让我再次受难，身子变重，让我流血……”

她猛地扯掉裹在身上的床单，安热尔刚想上前。

“别过来！”她咬牙切齿地喊道，她丈夫呆立原地不敢出声。“走开！”她吼着，“你们俩都给我出去！你，你给我带来这些痛苦。而这位先生，您目睹了我刚才的样子。出去！……滚！”

雅克莫尔朝房门走去，安热尔跟在后面。安热尔刚走到门口，后脑勺就被老婆扔过来的卷成一团的床单击中，一个趔趄撞到门框上，门在他身后关上。

七

现在，他们从楼梯下楼，铺着的红方砖在脚下微微颤动，坚固的房子由黑色大横梁和石灰墙建造。雅克莫尔没话找话说：

“过一会儿就好了……”

“唔……”安热尔回答。

“您心里不好受吧？”心理医生问。

“不好受，我被关了两个月，就这样。”安热尔说着勉强挤出一点笑容，“现在自由了倒有些不习惯。”

“那这两个月您都做了些什么呢？”

“什么也没做。”安热尔回答。

他们来到一间铺着与楼梯相同红方砖的大厅。那里陈设简单：一张浅色实木桌子，一个用同块木头做成的酒柜，墙上挂着两三幅非常漂亮的白色的画，几把与桌子相配的椅子。安热尔在酒柜边停住脚步。

“喝一杯？”他问。

“很乐意。”雅克莫尔回答。

安热尔倒了两杯自制鸡尾酒。

“好极了！”雅克莫尔赞叹。

因为安热尔没说话，他又问了句：

“总的来说，做父亲的感觉怎么样？”

“不怎么样。”安热尔说。

八

8月29日

克莱芒蒂娜独自一人，屋子里寂静无声，除了偶尔，阳光轻轻拍打窗帘的下摆。

解脱后的克莱芒蒂娜昏昏沉沉，双手抚摸着又平又软的肚子。她乳房肿胀，对自己的身体生出一种怨念，一种苦涩，一种羞耻，把昨天的那条床单抛在了脑后。她的手指抚摸着脖颈、双肩和鼓胀的胸脯，感到阵阵燥热，肯定是发烧了。

村子里的喧闹声远远地从窗口传来，这是下地干活的时间。可以听见受罚的牲口从昏暗的圈栏发出的尖叫，只是叫得有点力不从心。

她身边，小邋遢鬼[1]们正在睡觉。她抱起一个，略感厌恶，犹犹豫豫伸直双臂将他举起。婴儿是粉色的，湿漉漉的小嘴像章鱼，眼睛边有一圈皱纹。她别过头，掀开衣服露出一侧乳房，凑近孩子把乳头塞到他嘴里。孩子握紧小拳头，双颊凹陷，咕嘟咕嘟吮吸起来。这种样子并不舒服，但略微缓解了乳房的肿胀感，也略微损伤了乳房。乳房放空了三分之二，小邋遢鬼吐出乳头，摊开双手打起呼噜。克莱芒蒂娜把他放在身边，婴儿继续呼噜着，嘴里发出奇怪的呢喃，仿佛梦

① 原文salopiot，是维昂自创的词，来自salopiau(d)，民间俗语“邋遢鬼，坏蛋”的意思。在这里表示克莱芒蒂娜对生孩子这件事的不满。

里还在继续吃奶。他脑壳上顶着一层稀疏的绒毛，囟门突突跳得让人心里发毛，真想伸手去按住，让它别跳。

房子里回荡着一声沉闷的声响，那是楼下的门被重重关上了，雅克莫尔和安热尔刚刚出去。克莱芒蒂娜对睡在身边的三个小东西握有生杀大权，这种权利只属于她。她抚摸着肿胀的乳房，她的奶水足够喂饱三个孩子。

第二个小邋遢鬼急不可待地叼住哥哥刚刚让出的褐色乳头，自顾自吮吸起来。她伸了个懒腰。雅克莫尔和安热尔踩在院子的砾石路上，传来嘎吱的脚步声。婴儿在吮吸奶水，第三个孩子在睡梦中咂巴着小嘴。她抱起他，塞给他另一只乳房。

九

花园的一部分紧贴着峭壁，高不可攀的悬崖上生长着各种奇异树木，因难以攀爬故保留了最原始的风貌。卡拉约丝[①]（Calaïos）绿紫的叶片，温柔的绿色中可见白色纹脉伸向叶子边缘；野生奥马德（ormade）细细茎干上生长着凹凸不平的恐怖结节，绽放的红色干花如血色的烤蛋白。一丛丛海微拉（rêviole）闪着灰色珍珠的光泽；一长串奶油状的加丽亚（garillas）缠绕着南洋杉低矮处的树枝；西尔特（sirtes）和蓝色马洋奇（mayanges）及各种贝加棒加（beca-bunga）织成厚厚的绿毯，活泼的小青蛙藏身其中。高麻寒（Cormarin）、卡纳伊丝（cannaïs）、桑西耶（sensiaire）围成一道道树篱。无数谦卑的小花从石缝中探头，争相斗艳，仿佛给花园挂上一道繁花编织的垂帘，一直铺陈到地上，随后像青苔一样蔓延。也有一些小花悄悄沿着围栏的金属杆攀缘。更高处，平坦的花园被砾石小径分割成一块块绿色草坪。各种各样的大树，粗大的树干撑破了大地。

安热尔和雅克莫尔就是到这里来散步。一夜未眠，他们都有些

① 这一节中的卡拉约丝（Calaïos）、奥马德（ormade）等植物名称，也都是维昂自创的，自然界并不存在。Calaïos 让人想到 Calais，一个海边临悬崖的城市；Ormade 让人想到 orme（榆木）；rêviole 让人想到 rêve（梦）和 raviole（小饺子）；cannaïs 让人联想到 cannabis（印度大麻）；等等，都体现了维昂天马行空般的想象力。

疲惫。清凉的海风似乎给整个岩壁涂上了一层水晶。高处，取代太阳的，是一团方形轮廓的中空火焰。

“你有一座漂亮花园，”雅克莫尔随口说道，“你在这里住了很久？”

“是的，”安热尔说，“两年了。我思维有点混乱，搞砸了许多事情。”

“你还有余力，”雅克莫尔说，“这种事情还没完呢。”

“这倒是真的，”安热尔说，“不过我比你用了更长时间发现这一点。”

雅克莫尔点点头。

“别人什么事都会告诉我，”他解释道，“我最终总能知道人们身上到底有什么。对了，你能给我介绍几个可以做精神分析的人吗？”

“多的是，”安热尔说，“那个女仆，你愿意的话随时都可以。村子里的人应该也不会拒绝。那些人有点粗鲁，但很有意思，也不缺钱。”

雅克莫尔跃跃欲试。

“我需要一堆人，”他说，“我需要大量的精神消费。”

“什么意思？”

“我有必要给你解释一下为什么我会来这里。”雅克莫尔说，“我在找一处清静地方进行我的实验。就是说，把微不足道的雅克莫尔看成一个空容器。”

“一只酒桶？”安热尔问，“你喝过酒了？”

“没有，”雅克莫尔说，“我就是空的。我只有动作、反射和习惯。我要填满自己，这就是为什么我要分析别人。可是我的桶是达那伊得斯之桶①，我领会不了别人，我获取他们的思想，他们的心结，他们

---

① 达那伊得斯之桶（Tonneau des Danaides），起源于希腊神话。埃及国王的儿子达那俄斯被迫将自己的50个女儿，人称达那伊得斯姐妹，嫁给他的孪生兄弟埃古普托斯的50个儿子。他嘱咐女儿们在新婚之夜各自杀死新郎。他的49个女儿都照办了，只有小女儿不忍心对新郎林叩斯（Lynceus）下手。埃古普托斯听到自己49个儿子死去的消息，悲痛而死。为了给父兄报仇，林叩斯最终杀死了达那俄斯和他的49个女儿，并惩罚她们在地狱里劳作，永无休止地往一个无底桶（tonneau）里灌水。所以达那伊得斯之桶表示“永无休止的徒劳无益的工作，无底洞”。

的犹豫，但最后什么也没剩。要么是我没吸收，要么是我吸收得太好了……这是一回事。当然，我保留了那些词语、内涵、标签；我知道那些词语背后隐藏的激情、情绪，但我体验不了它们。”

“那，这个实验，不管怎样你还是想做的吧？”安热尔说。

“当然，”雅克莫尔说，“我渴望这个实验，那会是怎样的体验呢？就这样，我要做一次完整的精神分析，我是被照亮的人。”

安热尔耸耸肩。

“你已经试过了？”他问。

“没有。”雅克莫尔说，“我要进行这样精神分析的人，必须向我倾诉一切：他最隐秘的想法，最沉重的秘密，自己都不敢承认的一些念头。一切的一切，及背后的一切。他从未接受过任何分析，我想看看可以深入到何种程度。我想有‘羡慕’和‘欲望’这类体验，我要从别人那里获取。我认为迄今我什么也没留下是因为我走得还不够远，我需要找到某种自我。明知有激情存在却不能感受它，真令人抓狂。”

“我可以向你保证，你至少有这样一个愿望，这足以说明你并没那么空虚。”安热尔说。

“我做一件事而不做另一件事通常没有任何理由，我很想从别人那里获取他们这样做的理由。”

他们来到花园后墙，这里也矗立着高高的金色栅栏，与房子另一侧雅克莫尔昨天进来的栅栏门相对称，打破了石壁的单调。

“我亲爱的朋友，”安热尔说，“允许我向你强调一件事：渴望拥有渴望，本身就是一种激情。证据？这种渴望让你有所行动。”

心理医生捋捋胡子笑着说：

“这从另一方面证明了欲望的缺失。”

“不，”安热尔说，“为了没有欲望和方向，你必须遵循一种完全中立的社会包装，不受任何外来影响，不被侵入内心。”

“我就是这样，”雅克莫尔说，“我去年才出生，一出生就是你现在看到的样子。你可以看我的身份证。”

他把证件递给安热尔，后者接过来端详一番。

“没错，这是个错误。”安热尔说着把证件还给他。

“你说什么呀！……”雅克莫尔生气地抗议。

“这正好说明问题，”安热尔说，“纸上确实这么写，但写下来的是错误的。”

“我还带着一个证明：心理医生，空，需填满。这个证明，无可争议，是印在纸上的。”雅克莫尔说。

“那又怎样？”安热尔问。

“那就是说，你很清楚那种想填满我自己的欲望不是来自我本身，”雅克莫尔说，“是很久之前就定了的，我身不由己。”

“不对，”安热尔说，“因为你有一个欲望，所以你是自由的。”

“如果我一点欲望都没有呢？即使连这个对欲望的欲望也没有呢？”

“那你就是个死人。”

“噢，见鬼！”雅克莫尔喊道，“我不和你讨论了，你让我害怕。”

他们走出栅栏门，来到通往村子的路上。泛白的路面扬起阵阵尘灰，道路两边生长着一种深绿色的圆柱形草，呈海绵状，像一支支凝胶棒。

“其实，这正好相反，”雅克莫尔反驳道，“人在无欲无求时才是自由的，一个真正自由的人是无欲无求的，因为我什么都不想要所以我自认为是自由的。”

“不，”安热尔说，“因为你渴望有欲望，你想得到某些东西，所以你刚才说的不是真的！”

“哦！哦！哦！”雅克莫尔叫喊起来，越来越生气，“总之，想要得到些什么，就意味着把自己绑在欲望之车上。”

“不对，”安热尔说，“自由的意思，意味着欲望来自你自己。再说……”

他停下话头。

“再说，”雅克莫尔接口道，“你就是想取笑我，就是这样。我想给别人做精神分析，撷取他们真实的欲望、意愿，他们的选择及其他一切，而你却让我冒冷汗。”

“这样吧，”安热尔想了想说，“我们来做个实验，你尝试在短暂的时间内诚实地完全放下撷取别人欲望的念头，试一下，要诚实。”

“我接受。”雅克莫尔说。

他们在路边停下。心理医生闭上眼睛似乎正在放松，安热尔仔细看着他。

雅克莫尔的脸色仿佛出现了颜色的碎裂，突然，一种透明色在他的身体、手、脖子和脸上蔓延。

“看看你的手指。”安热尔嘟哝道。

雅克莫尔睁开几乎无色的眼睛，顺着右手，看到地上一块黑色燧石。然后，因为他意识到了这块石头，那种透明色消失了，他重新固化了。

“看见了吧，”安热尔说，“完全放松时，你就不存在。”

“哈！”雅克莫尔说，“你可真异想天开。如果你认为这么点小花招就可以战胜我的信念……说说你有什么招……”

“好吧，”安热尔说，“我很高兴看到你居心不良，并且对明显的事实视而不见。这倒合情合理，心理医生嘛，是该有点坏心眼。”

他们走到村口，不约而同地折回。

“你妻子想要见你。”雅克莫尔说。

“你又知道什么？”安热尔问。

“我有预感，”雅克莫尔说，“我是个唯心论者。”

回到家里，他们朝楼上走。雅克莫尔的手腕用力摁着楼梯的橡木扶手，安热尔已先行一步走到克莱芒蒂娜的房间。

十

安热尔在门口停住脚，雅克莫尔等在他身后。

“我可以进去吗？”安热尔问。

“进来吧。”克莱芒蒂娜说。

她看着他，既不友好也无敌意。他站着，没敢坐到床沿，怕惹她不高兴。

“我再也不能信赖你了，”她说，“当男人让女人生下孩子后，女人就再不可能信赖男人，尤其是那个男人。”

“我的克莱芒蒂娜，你受苦了。”安热尔说。

她摇摇头，她不需要同情。

“明天我就起床，”她说，“六个月后他们要学会走路，一年后学会认字。”

“你好多了，又回到从前的样子。”安热尔说。

“这又不是一场病，”她说，“现在一切结束了，绝不会再开始。星期天，他们要接受洗礼。他们叫乔埃尔、诺埃尔和西特罗昂，就这么定了。”

“乔埃尔、诺埃尔不怎么好听，”安热尔说，“你以前想到过阿什埃尔、纳塔内尔，甚至阿里埃尔，或普吕内尔。”

“你什么都别改，”克莱芒蒂娜坚定地说，“双胞胎叫乔埃尔、诺埃尔，另一个就叫西特罗昂。”

她自言自语道：

“这个老三，我一开始就得收服他，我跟他会有点麻烦，不过他挺乖。”接着她又大声说道：“明天，他们要有自己的床。”

“如果你想采购东西，我可以帮忙，不用客气。”雅克莫尔自告奋勇。

“这倒是个好主意，”克莱芒蒂娜说，“这样你就不会无所事事。”

“无所事事不是我的习惯。”雅克莫尔说。

“不过在这里，你可能要习惯无所事事。”她说，“现在，你们俩都走吧，去木匠那里定三张床，两张小的，一张稍大的。告诉他做得精细一点。顺便把居勒布朗给我喊来。”

“好的，宝贝。”安热尔说。

他弯腰吻过她后直起身。雅克莫尔侧身让过安热尔，后者走出屋子，心理医生带上房门后跟上安热尔。

“居勒布朗在哪？”他问。

“楼下……”安热尔说，“在洗衣房洗衣服呢。走，我们先去吃午饭，等会再去采购东西。”

“我去买东西，你留在这里。”雅克莫尔说，“我可不愿再像刚才那样讨论，太累人了，那可不是我的职业。总之，心理医生的角色很清楚，就是分析精神。”

十一

雅克莫尔第二次走出这个方向的栅栏门，踏上通往村子的路。他的右侧，是花园围墙，稍远是一排峭壁和更远的大海。左侧，是耕种过的田野，挺立着的一些树和树篱。他意外发现了早晨未曾注意到的一口水井，井沿的石头光可鉴人，两根石柱间用生了锈的粗链条拴着一只梣木水桶。井底的水面微微荡漾，碎裂了映照出的蓝天白云。

远处，出现几座房子，风格粗犷：那是些围成 U 形的农舍，朝着道路伸出双臂。起初，只是路的右侧闪出一两座这样的房屋。院落习惯呈方形布局，中间一个大水塘，深黑的水中养着螯虾和微布罗兹（vibrouzes[①]）；右手边的厢房通常由农场主和家人居住，左手边的厢房和底部的二楼用作牲畜棚和马厩，牲口通过一条略陡的斜坡进入。墙基外围有一道凹槽，牲畜粪便借助重力堆积在凹槽内。没有安顿家畜的棚屋里堆放着麦秸、谷物和干草。在收拾妥帖的某个角落，有人把农场里的女人扑倒在地。院子铺着灰色花岗石，种着路边可见的那种海绵质圆柱形植物，修剪得整整齐齐。

雅克莫尔继续赶路，没有碰到一个人。农舍渐渐多起来，路的左侧也有房子，道路宽敞起来，斜向这一侧。路边突然出现一条红色小

---

① 维昂生造的一个水产动物的名字，可能是由 vibrer（颤动）和 brousse（灌木丛）合成而来。

河，水面几乎高到路基，光滑无纹，没一点褶皱。水面上漂浮着一些无法辨认的碎片，就像食物消化后的残渣。他开始小跑起来，从这一处或那一处的空屋里传来多余的嘈杂声。每一座房子混杂的气味扑面而来，雅克莫尔努力分辨着其中独特的芳香。

这条小河让他费解。一开始几乎什么都没有，突然河水一下子丰沛得几乎溢出河床，仿佛在一层绷紧的薄膜下流淌。河水猩红黏稠如病人咳出的血，又像是水粉画的颜料。雅克莫尔捡起一块石子扔到水里，石子无声下沉竟没有溅起一点水花，如同被扔进了一堆羽毛里。

道路的最后连接到一个抬高的土台，成排的大树投下一片阴凉。路到土台处一分为二，将其围抱。右侧的路上有些热闹的响动，雅克莫尔朝那里走去。

走近了才知道这是个老人拍卖集市。一条长木凳晾在太阳下，几块大石头上坐着最后赶到的人。几个老人并排坐在长凳和其中的三块石头上，他们一共七个男人和五个女人。村公所的人贩子站在那条长凳前，腋下夹着仿皮登记册。他身穿一件棕色旧丝绒西装，脚蹬一双带钉皮鞋。尽管天气炎热，他却戴了一顶鼹鼠皮帽，身上散着一股臭味，而那些老人身上更臭。他们呆坐在那里，双手交叉扶着磨得发亮的拐杖，身上是肮脏的破衣服，胡子拉碴，脸上深深的褶皱里积满污垢。双眼因在太阳下劳作过度而眯缝，缺了牙的发臭的瘪嘴嚅动着。

“来吧，”人贩子喊道，“这一个不贵，还挺管用。你看，拉卢埃，不给你家孩子买一个？他还有个看头，你知道。”

“那让他给他们看一下。”有个人喊道。

“哦，这个当然可以！”人贩子点头道，“过来，老东西。”

他喊那个老头站起来。老头佝偻着背，往前跨了一步。

“给他们看看你的鸡鸡，看看你裤裆里的东西！”人贩子说。

老头抖抖索索解裤裆的门襟，油腻腻的裤裆边缘已磨破。人群爆发出一阵大笑。

“看这个！”拉卢埃说，“真的，他还是有点存货的！”

他弯腰凑近老头，扯了扯裤裆处那块可怜兮兮的布，笑得直不起腰。

“啊，好吧！我买下了，”拉卢埃对人贩子说，“我给你一百法郎。”

“成交！”人贩子应着。

雅克莫尔知道在乡村这很常见，但他第一次看到老人拍卖市场，买卖的场景让他非常震惊。

老头扣上纽扣等着。

“走！老畜生！”拉卢埃朝他踢了一脚，老头一个踉跄。“来吧，孩子们，归你们玩了。”

老头迈着碎步上路，两个小孩离开人群。其中一个用棍子击打老头后背，另一个勾住他的脖子把他往下扳。老头摔了一个嘴啃泥，沾了一鼻子灰。没人看他们一眼，只有雅克莫尔出神地盯着那些孩子。老头跪在地上，磕破皮的鼻子在流血，嘴里吐出了一些东西。雅克莫尔转身回到那一大群人中。现在人贩子又在叫卖一个七十来岁的老妪。她肥胖、粗矮，几根稀拉油腻的头发从黑色的破头巾里露出来。

“来吧，这个成色不错，”他说，“谁要？她几乎没什么牙齿了，这很实用。”

雅克莫尔感觉有些恶心。他更仔细地观察了一下周围的人，都是些三十五到四十岁之间的男人，强壮、粗鲁，戴着压得低低的鸭舌帽。这里的人长得矮壮结实，有的人还蓄胡子，这是他们的特点。

“六十法郎，阿黛乐！”人贩子继续吆喝，“这个价钱，没有牙齿，绝对划算啦。你，克雷蒂安，怎么样？还有你，尼菲尔？”

他在老妇人后背狠狠拍了一掌。

“站起来，老母驴，让人家看到你！来吧，这可是桩好买卖。”

老妇人站起来。

“转过身，”人贩子说，“给大伙露出你的屁股。你们，看看吧！”

雅克莫尔竭力不去看，老太婆身上的臭味熏得他直想别过脸，但他还是瞥到一堆赘肉和凸暴的青筋。

“五十法郎……”有个尖刻的声音说。

“拿走吧，她归你了！”人贩子宣布道。

老妇甚至还没来得及拉上棉布裙子，他就将她使劲一推。雅克莫尔身边一个棕色头发的大块头，开心地笑着。雅克莫尔抓住他的胳膊。

“你为什么笑？”他问道，“你不觉得羞耻吗？”

那个人止住笑。

“你说我不觉得……什么？”

“你不觉得羞耻吗？”雅克莫尔轻声重复道，“他们都上了年纪。”

话音未落，他就迎面挨了一拳。嘴唇磕到虎牙上裂开了缝，嘴里泛起血丝的咸味。他踉跄几步跌倒在人行道上。没有人看他一眼。拍卖还在继续。

他爬起来，用手掌拍拍裤子上的灰。现在他被围成半圆形的那群人挡在身后，他们的背影阴暗并充满敌意。

“这一个！”青脚鹬一样的声音又响起，“他有条木头的腿，这个一定讨人喜欢。开价一百一十法郎，一百一十！”

雅克莫尔离开，广场尽头是条横向的道路，看似有些店铺。他往那个方向走，几分钟后走进一间木匠铺，有些慌乱和不安。他身后的门关上了，他在等着。

十二

老板没在屋子里，这是一间积满灰尘的小办公室。一块磨旧发黑的松木案板，一张黑木桌子，墙上贴了张旧日历。屋角有炉火烟熏的痕迹，两把带有破垫子的旧椅子，这就是全部家当。最里面的木板隔断有扇小门，传来工场间断断续续的敲击声。那是两种不同的敲打声，相互重叠却不混淆。

雅克莫尔往里走。

“有人吗？”他轻声问。

敲打声没有停下，于是他走进工场，这里的光线来自顶棚。这是间长方形的宽敞棚屋，堆满厚薄不一的木板，拼接好的半成品。有三四个工作台、一台板锯、一把电钻、一台底座破损的铣床。墙上也挂着少量的各种工具。右侧，靠近雅克莫尔刚才进门的地方，是堆积如山的木屑和刨花。空气里弥漫着一股强烈的胶水味，是从棚屋尽头另一扇开向院子的门里传来，那儿架在木炭炉上加热的铁桶里应该就是这些胶水。向下塌陷的屋架上挂着乱七八糟的东西：刨锯旧刀片、一只绿老鼠[1]、一把弓形夹和一堆破破烂烂的工具。

紧挨左侧是一根横躺的巨大橡树干，用两个木楔垫高。一个小学

---

① 这里的绿老鼠（souris vert）是一种文字游戏，可能来自法国人尽皆知的一首儿歌 *souris vert*。

徒骑跨在上面，正吃力地用斧子将树干削砍成方形正梁。他穿着破烂衣服，骨瘦如柴的手臂几乎抓不住斧子。再往里，老板正给一个白原木蜂房形状的奇怪包厢钉皮内衬。老板站在里面，包厢有一扇打开着的厚实挡板，他每敲一下钉子，挡板的铰链就会轻微作响。

老板在敲钉子，孩子在埋头干活，谁也不看一眼站在门槛上不知所措的雅克莫尔。他终于开口。

“上午好！”他大声说。

老板停下活计抬起头。他可真丑，一张下垂的大嘴和铜鼎脚一样狰狞的鼻子，结节突起的粗糙双手，有一层密密的棕色汗毛。

“有什么事？”他问。

“我要几张床，婴儿床。”雅克莫尔说，“峭壁上那座房子里有婴儿诞生，需要两张床。一张双人的，一张单人的。”

“我做一张三人的，其中两个位置对着踏步。”

“另一个位置更宽一点……”雅克莫尔说。

“更宽一点……看情况吧，”木匠说，“你是要手工做还是机器做？”

雅克莫尔看着那个梦游般挥着斧子的小学徒，他被束缚在无休无止的劳作中，像个可怜的机器人。

“手工的便宜些，”木匠说，“因为机器用起来比较贵，但像这样的垃圾学徒，要多少有多少。”

“这里的人教养孩子真严苛。”雅克莫尔评价道。

“要机器还是手工？”木匠又问了一遍。

“机器。”雅克莫尔说。

“真是的……”另一位嘟哝道，“就想毁了我的机器……”

“明天要。”雅克莫尔说。

随后，为了讨好木匠，雅克莫尔假装对他的活计感兴趣。

“你手上在做的那是什么？”他问。

“是给教堂做的布道台。”那人说。

他看上去既自豪又有点不自然，说话时他的大嘴巴吐沫四溅。

“布道台？”雅克莫尔有点惊讶。

他凑上前仔细看，还真是个布道台，带顶盖的布道台，雅克莫尔以前从未见过的奇怪式样。

“我没在农村住过，”他说，“你知道在城里，人家不这样做布道台了，所以我很感兴趣。”

“城里，没人相信上帝了。”木匠说。

他不耐烦地看了雅克莫尔一眼。就在这时，小学徒手里的斧子掉了下来，脸朝下瘫倒在劈砍的树干上。突然的安静引起了雅克莫尔的关注，他转身走向孩子，而木匠这时却走了几步拿起一只装满水的旧铁罐，朝孩子兜头浇下去。看孩子还未直起身子，他又朝铁罐方向走去。小学徒呼出一口气，雅克莫尔愤然过去想帮助这孩子，但孩子脏脏的小手又举起了斧子，无力而单调地劈砍着。

“你太粗暴了，”雅克莫尔对木匠说，“他还是个孩子！你应该感到羞愧！”

他的下巴挨了重重的一拳，几乎让他跌倒，连连后退才保住平衡。他本能地托住下巴，胡子缓冲了一些冲击力。

木匠又回去干活，仿佛一切不曾发生。他敲了两下锤子后停下说：

“礼拜天你可以去看看，它会被安装好，这是个漂亮的布道台。”

他骄傲地抚摸着它，白色光滑的橡木仿佛在他手下战栗。

“你的床明天可以做好，”他加了一句，“你明天来取，五点左右。”

“一言为定……”雅克莫尔答道。

锤子的声音再次响起，胶水味越来越浓。雅克莫尔看了小学徒最后一眼，耸耸肩走了出去。

街上很安静，他踏上回家的路。经过几扇窗户，窗帘微颤。一个小姑娘唱着歌走出来，捧着一个几乎和她一般高的搪瓷水罐。等她往回走时，却不再唱歌了。

十三

8 月 30 日

安热尔和雅克莫尔坐在宽敞凉爽的客厅里，女仆来来回回忙着给他们上饮料。她把杯子和水罐放到安热尔跟前的托盘里。面向花园的门窗都开着，偶尔有一只昆虫飞入，在高处扇动着翅膀。一切都很静谧。

雅克莫尔开口道：

“床今天五点就可以做好了。”

“那应该已经好了，”安热尔说，“肯定是早上五点。”

“是吗？”雅克莫尔问，“这样的话，确实应该做好了。”

他们都不说话，默默喝饮料。雅克莫尔犹豫片刻，终于再次打破沉默。

“我不想说些你已经司空见惯的事，它们肯定也令你不快，”他说，“但昨天我在村子里见到的事情实在让我触目惊心。这里的人们好奇怪啊。”

“你觉得他们奇怪？”安热尔问。

他保持礼貌，语气却不以为然。雅克莫尔感觉到了，于是掩饰道：

“是，我觉得他们有点奇怪。不过当我更多了解他们后，也许能理解他们的想法。反正对其他事情，我肯定也会吃惊，我是新出生的嘛。”

“肯定是。”安热尔心不在焉地回答。

一只鸟从窗框前箭一样飞过，雅克莫尔盯着它看。

“当然啦，”他突然转换话题，“你不想被精神分析一下吗？”

“不想，”安热尔说，“我肯定不喜欢这样。再说我这个人不怎么有趣，是我对外界感兴趣，这是两回事。”

“你对什么感兴趣？”雅克莫尔竭力维持对话。

“对任何事，”安热尔说，“比如，对生活。我爱活着。”

“这是种运气。”雅克莫尔喃喃道。

他把杯中剩下的饮料一饮而尽。

“味道真好，”他称赞道，“我可以再来点吗？”

“像在你自己家一样，别客气。”安热尔说。

“我去看看你妻子，她一个人可能会有点闷。”雅克莫尔起身说道。

“是啊，肯定，”安热尔说，“你过一会儿再来找我，我去把车开出来，我们一起去取小床。”

“待会见。”雅克莫尔说。然后离开屋子朝楼梯走去。

他轻轻敲门，克莱芒蒂娜示意他进来。他推开门。

床上躺着克莱芒蒂娜和三个孩子。两个在她右侧，一个在她左侧。

“是我，”雅克莫尔说，“我来看看你需要点什么吗？”

“什么都不需要，”她说，“床快做好了吗？”

“应该已经好了。”雅克莫尔说。

“床是怎么样的？”她问。

“唔……”心理医生说，“我想木匠多少有点照着他的想法做。两个位置朝着门，另一个打横。”

“另一个要大一点。”克莱芒蒂娜打断他。

“我对他说了。”雅克莫尔对自己的仔细很满意。

“你安顿好了吗？”克莱芒蒂娜想了一会儿之后问道。

“我安顿得很好。”雅克莫尔肯定道。

“什么都不缺？”

“不缺……”

一个小家伙开始蠢蠢欲动，脸上露出不适的表情，他的肚子突然咕咕作响，猴子一样的小脸才松弛开来。克莱芒蒂娜轻轻拍拍他肚皮。

“哦……哦……有点肚子痛吧，小家伙。”她说。

第二个也开始哼哼唧唧。克莱芒蒂娜抬头看了一眼挂钟，对雅克莫尔说：

“到喂奶的时候了。”

“我这就走。”他低声道。

然后他无声地离开了。

克莱芒蒂娜抱起婴儿看着，这是诺埃尔。他咧开嘴角，发出咿咿呀呀的呢喃。她放下他，迅速掏出一只乳房，随后再次抱起孩子凑近乳房，他迫不及待地吮吸起来，几乎顾不上喘息。而她突然拔出奶头，一股奶汁喷涌而出，划出一道弧线滴落在坚硬的乳房上。诺埃尔被克莱芒蒂娜的行为激怒，大声哭起来。她把乳头凑近他，他又开始哼唧着贪婪地吮吸，但她再一次把他举起。

这下他哭得更凶。克莱芒蒂娜觉得有趣，如法炮制了四回。诺埃尔气得脸色发紫。突然，他似乎窒息了，张大嘴却发不出声，眼泪顺着因愤怒而发黑的脸颊滚落。克莱芒蒂娜吓坏了，摇晃着孩子。

“诺埃尔……诺埃尔……别吓我……”

她越来越惊慌，刚想喊人，诺埃尔突然接上一口气，再次大哭起来。克莱芒蒂娜颤抖着双手，赶紧把奶头塞给他。

他立刻安静下来，咕嘟咕嘟吮奶。

她摸了摸他汗津津的额头，再也不敢那么做了。

几分钟后，诺埃尔终于吃饱，停了下来打个饱嗝，接着就进入梦乡，梦中似乎还在叹气。

她抱起最后一个孩子，发现他在看着她。他有着拳曲的头发，睁得大大的眼睛，一副若有所思的样子，深不可测像个奇怪的小神仙，露出有趣而默契的微笑。

轮到他吃奶时，他会时不时停下看着她，奶头含在嘴里，口里的奶也不咽下去。

等他吃完，她把他放在左侧，然后转过身去。房间里回响着一片轻柔的呼吸声。她仍有些心神不定，伸着懒腰发呆。三个襁褓散发着酸酸的汗味。她做了个噩梦。

十四

安热尔刚把车开出车库，等着雅克莫尔来。心理医生拖拖拉拉，被无与伦比的海天景色吸引。深紫色的大海，天空呈明亮的烟灰色。花园里绿树鲜花，白房子在一大片浓烈的色彩中坚如磐石。

雅克莫尔摘了一朵小黄花，走到安热尔身边。这是辆结实的旧汽车，老旧的外壳，不舒服却可靠。后备厢的门关不拢了，用两根链条拴着，清新的海风吹进车里。

“多美的地方！”雅克莫尔感叹，“多美的花！多美的景！多……”

“是啊。”安热尔说。

他们在土路上加速，扬起一阵烟尘，落在那些海绵状的植物上。雅克莫尔现在对这种奇怪的植物已见怪不怪。

一头山羊在路中间晃着羊角。安热尔停车。

“上来吧。”他对那动物说。

山羊跳上车，坐到他汽车后备厢的搁板上。

“所有山羊都会搭车，”安热尔解释道，“因为我没任何理由不和农民搞好关系……”

他没把话说完。

“我明白。”雅克莫尔说。

又走了一段路，他们捎上一头猪。到达村口，两头动物自己跳下车，各自回家了。

“如果它们不吵闹，就可以出来散步，”安热尔说，“否则主人就会惩罚它们，暴打它们，把它们关起来。然后无须审判，直接把它们吃了。”

“是……”雅克莫尔茫然地答道。

安热尔的车在木匠铺门前停下，两个男人下车。现在那间小办公室里多了个长方形的箱子，里面躺着前一天还在砍削橡树的小学徒，失血瘦削的尸体上盖了个破袋子。

“有人吗？”安热尔敲着桌子喊道。

木匠出来。工场间传来与昨天一模一样的声音，肯定是另一个学徒。木匠用袖口擦擦鼻子。

“来取你的床？”他问安热尔。

“是的。”安热尔答。

“行，拿走吧，已经做好了。”木匠说着指指工场间。

“过来帮我一下。”安热尔说。

他们两人离开了，雅克莫尔把围着死了的孩子苍白小脸嗡嗡叫的苍蝇赶走。

木匠和安热尔把床放到车上，它们已被分拆成木板。

“你们把这个也给我带走吧。”木匠指着装小学徒尸体的木箱说。

“好吧，”安热尔说，“装上来吧。”

木匠抬起箱子放到车上。他们上路，一会儿就开到红色小河。安热尔停车抬下箱子，它很轻也不大，他轻松地抱起箱子走到河边，把箱子推入河中。箱子旋即在河里沉浮了一下，孩子僵硬的尸体被抛到水面，被上过蜡的台布似的缓慢流水带走。

车上的木板在颠簸的路上发出相互撞击的声音。

十五

8 月 31 日

雅克莫尔的房间在二楼，一条铺砖长廊的尽头，正对大海。达高纳（dracoena[①]）直发似的枝条映在落地窗框里，刀片状绿色叶片的上方就是大海。四方的房间天花板不太高，墙全部贴着刷过清漆的松木护壁板，散发着松脂的气味。天花板下几根厚重的横梁也刷过清漆，撑住略微倾斜的屋架，斜角处有一些粗糙的斜撑。家具包括一张柠檬木矮床，一只红色包皮的宽大写字台，一把相配的椅子和一个双门衣柜，柜子的镜子对着窗户。像这幢房子里其他地方一样，这里也铺着地砖，不过是淡黄色的菱形多孔砖。一半地面被一条黑色羊毛地毯占据，墙上没有任何装饰，没有照片也没有油画。另有一道矮门通向盥洗室。

雅克莫尔梳洗穿戴完毕，打算出门。他没穿心理医生的职业套装，而是穿了一条质地柔软的合身的裤子，绛红色衬衫和一件宽松的咖啡色丝绒外套，呼应裤子的颜色。他系上紫色便鞋的鞋带，走出房间。他要去村里参加神甫主持的仪式，所以穿得很简朴。

他在走廊碰到正要回房的克莱芒蒂娜。这是她第一次起床，她刚

① 原文 dracoena 是维昂自创的一个词，可能脱胎于 dracéna（龙血树）。

在花园遛了一圈，她扬手与他打过招呼后关上房门。

他下了楼，安热尔还在睡觉。雅克莫尔不等吃早饭就来到花园。阿里约树（arioles[①]）浅黄的叶子在晨风中簌簌作响。

地面干燥得像石棉。与昨天一样，井底的水在沸腾。天空透明入骨髓，不见丝毫会下雨的迹象。雅克莫尔走上通向村子的路，走习惯了便不再觉得远。

他还看不见整个教堂，只能看到略高出周围房子和农舍屋顶的教堂尖顶。抵达教堂，还须沿那条红色小河走很长一段路。看着丰沛的河水，想到水面下隐藏的一切，他不禁起了一层鸡皮疙瘩。

路随着河道拐了个弯。被左岸的几间灰色农舍挡住视线，雅克莫尔看不到河湾后边的景致。

又往前走了五十米，远处的教堂已映入眼帘。红色河面上停着一条小船，船桨挂在两侧。在船身四分之三处，隐隐看到有个人影在移动，看不清在做什么。雅克莫尔走过去探个究竟。

走到小船附近，他看见有个人扒着船沿，正竭力往上爬。红色河水滑过那人的衣服，仿佛珍珠滚动，并没有浸湿衣服。那人的头刚露出船舷，小船被弄得来回摇晃。他终于看清那个人的脸。那人通过最后的努力，终于把一只胳膊和一条腿搭到船上，顺势翻滚到船舱。这是个上了年纪的男人，双颊凹陷，深邃的蓝眼睛，胡子刮得很干净，白色长发衬托得这男人既尊严又温和。不过他嘴角紧闭着时，会流露出一丝苦涩。现在这个人的齿间咬着什么东西，雅克莫尔没看出那究竟是什么。

雅克莫尔用双手圈着嘴喊道：

“你碰到了麻烦吗？”

---

① arioles是维昂自创的植物名。

那人挣扎着坐了起来，放下嘴里叼着的东西。

“你说什么？”他问。

他弯腰拿起桨，划了几下小船就靠岸了。这时雅克莫尔才发现河道就是一条裂缝，两岸几乎直插入水中。

“你需要帮助吗？”雅克莫尔问。

那人看了雅克莫尔一眼，他穿着麻袋样破烂不堪的衣服。

“你是外乡人吧？”他问。

“是的。”雅克莫尔回答。

“不然的话，你不会这么和我说话。”那人几乎在自言自语。

“你刚才差点淹死。”雅克莫尔说。

“这水里不会淹死人，”那人说，“这种水变幻无常，有时托不住木头，有时石头却可以浮在水面上，但尸体从不会下沉。”

“发生了什么事？你从船上掉下去了？”雅克莫尔问。

“我在干我的活，”那人说，“人家把死烂东西扔到河里，我必须用牙齿把它们捞上来。他们付钱给我干这个。”

“用一张网岂不是更省事。”雅克莫尔说。

那人有些不安，感觉就在与外星人说话，这种感觉似曾相识？肯定，肯定。

“我必须用牙齿把那些死烂的东西捞上来，”那人说，“人家把东西扔到河里就是为了这个目的。通常他们会故意等到东西腐烂后再扔，而我要用牙齿把它们捞上来，就是为了让它们在我牙齿间破碎，然后糊我一脸。”

“别人付钱让你做这个？”雅克莫尔问。

“他们给了我这条船，然后用羞耻和黄金来支付我的活计。”

听到羞耻两字，雅克莫尔后退了一步，有些自责。

“我有一所房子，”那人说，他注意到了雅克莫尔刚才的动作，露出一丝笑容，“人家给我吃的，给我金子，很多很多金子。但我没法用掉它们，因为没人愿意卖东西给我。我有一所房子和许多金子，但我必须消化整个村子的羞耻。他们付钱给我，就是为了让我替他们承受良心谴责，替他们犯下的恶行或亵渎上帝的事情受谴责：他们的邪恶，他们的罪孽，他们的老人拍卖集市，他们对动物的虐待，对学徒的虐待，他们的无耻。”

他停了一会儿。

“但是这些，你是不会感兴趣的。”他接着又问道，“你不会打算留在这里吧？”

一阵长长的沉默。

“不，我会留下。”雅克莫尔终于开口道。

“那么，你很快就会与别人一样，”那人说道，“你也会心安理得地活着，把你要背负的沉重羞耻卸到我身上。你也会给我金子，但什么都不卖给我。”

“你叫什么？”雅克莫尔问。

“拉格罗伊[1]，”那人回答，“他们叫我拉格罗伊，其实那是船的名字，我没名字。”

“我以后还会来找你的……”雅克莫尔说。

“你会和他们一样，”那人说，“你不再理我，你会付钱给我，你会把你的腐烂物、你的羞耻扔给我。”

“你为什么接受这么做？”雅克莫尔问。

那人耸耸肩。

“在我之前，有过另一个人干这活。”他说。

“那你怎么取代了他呢？”雅克莫尔刨根问底。

① 原文La Gloïre是维昂自创的词，从La gloire（荣誉）变异而来，这里是反讽。

“前一个人比我的羞耻还多，他占了这个位置。”那人说道，“这个村子里的人历来如此。他们很虔诚地信教，有自己的观念，从不觉得内疚。但如果有人无法忍受……有人想反抗的话……”

“人家就把他扔到拉格罗伊上……”雅克莫尔接过话头，“你，你反抗了。”

“哦，这样的事不常发生了……也许我是最后一个。我母亲不是这里的人。”那人应道。

他摆好姿势，弯腰划桨。

“我得干活了，”他说，“再见。”

“再见。”雅克莫尔说。

他看着那人在波光粼粼的红色河水中慢慢远去，继续赶路。那个如卧在鸟巢中的鸟蛋般的教堂不远了。他来到教堂跟前，快步登上七个台阶走了进去。在与神甫说话前，他要先看一眼里面。

十六

纵横交错的梁架撑起椭圆形中殿的黑色板岩屋顶。雅克莫尔面前立着深色祭台和台上的绿色祭祀用品。两根横梁间靠右侧的下方就是那个崭新的布道台，敞开的挡板让它看起来不是那么高。雅克莫尔第一次见到一座教堂建造得如此巧妙，像一个大鸡蛋。没有石柱，没有拱廊，没有扶拱垛，没有犬牙交错的尖形穹隆，没有小门厅，没有管风琴，没有明日的烦恼。木结构组件有趣地沿坚固墙壁排列，组成几何形框架。主构件上有刻痕深入的浮雕，他猜浮雕有多种色彩，有圣人眼睛、蛇及在黑暗中发光的魔鬼。布道台上方是一扇椭圆形彩绘玻璃窗，让布道台沐浴在一片天蓝色中。倘若没有这扇窗，教堂将十分昏暗。布道台两侧烛台上跳跃的火苗，在幽暗中发出一圈圈光晕。

从进门处到布道台之间的地上铺着一层厚厚的稻草，雅克莫尔走进去。因为眼睛适应了昏暗，他辨认出布道台右后方那个灰色的长方形是一扇半开的门。他走过去，猜那里可能是圣器室和本堂神甫的住处。

他推开门进到一间狭长的小室，这里堆着柜子和各种物品。屋子顶头有另一扇门，里面传出说话声。雅克莫尔在木门上敲了三下。

“可以进来吗？”他低声问。

说话的声音停下。

“进来！”雅克莫尔听见有人应。

他循声推开第二扇门。

神甫在那里，正和圣器管理人说话。看见雅克莫尔，他站起来。

“您好，您肯定就是神甫吧。”雅克莫尔说。

“您好，先生。”神甫回答。

这是个骨骼粗大的男人，瘦削的脸上有一双黑色的眼睛，粗黑惹眼的眉毛。说话时干瘪修长的双手合在胸前。雅克莫尔注意到他走路时有些轻微跛足。

“我想和您谈谈。”雅克莫尔说。

“说吧……”神甫回答。

“是想请您做一次洗礼，”雅克莫尔解释，“星期天，您有空吗？”

“这是我的职业，每个人都有自己的职业。”神甫说。

“峭壁上的那家人生了三胞胎，”雅克莫尔说，“乔埃尔、诺埃尔和西特罗昂。星期天晚上之前要受洗。”

“星期天来做弥撒吧，然后我可以告诉您受洗时间。”神甫说。

“可是我从来不做弥撒……”雅克莫尔辩解。

“那就更应该来，”神甫说，“这可以让您散散心，至少有一个人觉得我说的那些还是新鲜的。”

“我反对宗教，”雅克莫尔说，“不过我不否认宗教在乡村也许还是件有用的事。”

神甫冷笑道：

“有用？……宗教是一种奢华。是这些粗鲁的人把宗教变成一种实用东西。”

他自豪地挺直身子在屋子里一瘸一拐地大步走了起来。

“但是我拒绝，我的宗教必须保持奢华的本质！”神甫斩钉截铁地说道。

“我想说的是，”雅克莫尔补充道，“在乡下，神甫是很有发言权的：他引领粗俗乡民的思想，教育他们谴责自己所犯的错误，让他们睁眼看到过度世俗生活中的危险，在他们有作恶冲动时起刹车作用……我不知道您是否了解这个村庄里发生的……唔……我刚来这里不久，我不想轻易做评价，也不想让我对某些事的反应惊扰您，这些事也许您觉得由来已久，十分自然……嗯……比如说一名神甫，他会在布道台上居高临下谴责偷盗行为；裁决年轻人过于匆忙的性行为，以免混乱和淫荡控制他们的命运。”

“应该称神甫大人……”圣器管理人纠正道。

“神甫大人……”雅克莫尔重复了一句，“我说到哪了？”

“我不知道。”神甫很干脆。

“好吧，”雅克莫尔终于忍不住，“那个老人拍卖集市，太荒谬了！”

“您生活在这个时代！”神甫大声道，“那个老人集市？老人集市对我并不重要，先生！这些人在受苦……在人间受苦的人会在天堂占一席之地，而且苦难本身并非一无是处，实际上是造成这些苦难的方式让我讨厌。让我不愉快的是他们并非为上帝而痛苦，我刚才说过，先生，这是些野蛮人，宗教对他们只是一种工具，一群只追求物质的野蛮人……”

他说话时手舞足蹈，双眼放出热切的光芒。

“他们以主宰者的姿态来教堂，他们只是肉体来了。您能想到他们向我要求什么吗？要求我让驴食草长快一点。灵魂安宁？先生，他们根本无所谓！他们很安宁，因为他们有拉格罗伊！我会斗争到底，我不会屈服，我不会让驴食草长快一点的。多亏了上帝……我有一些忠实的朋友，不多，但是他们支持我。”

他冷笑几声。

“礼拜天您来，您会看到……看他们如何物质化到极点。我要让这些野蛮人自己面对面……让他们的麻木碰撞到更大的麻木……让这种碰撞催生出一种忧虑，引领他们走向宗教，走向奢华。这份奢华，是仁慈的上帝给予他们的权利。”

“那么，这个洗礼，礼拜天下午，可以吗？”雅克莫尔问。

“弥撒结束后我再和您确认时间。”神甫说。

“好吧，”雅克莫尔说，“再见，神甫大人。刚才我欣赏了您的教堂，这是座奇怪的建筑。”

“是奇怪。”神甫点点头，心不在焉。

他重新坐下。雅克莫尔则从刚才进来的门走出去，有些倦意。

“克莱芒蒂娜老用这些苦差事烦我，”他心想，“等三个孩子长大了，我会很高兴……还有那被迫参加的弥撒……”

暮色降临。

“被迫参加的弥撒，这太气人了！”

“太气人了！”蹲在墙头的一只大黑猫表示赞同。

雅克莫尔看看它，黑猫发出一串呼噜噜的颤声，黄色的瞳孔眯成一道竖线。

“太气人了！”雅克莫尔折了一根圆柱形软绵绵的草，心头愤然。

走出几步后他回过头，看看那只猫，有些迟疑，然后继续上路。

十七

9月2日 星期天

雅克莫尔在走廊里踱来踱去，准备出发。他穿得一本正经，感觉浑身不自在，就像套上戏服的演员站在空荡荡的舞台上。女仆终于来了。

“你磨蹭了半天。”雅克莫尔说。

“我得把自己打扮得漂亮点呀。”女仆解释说。

她穿了一条白色的周日穿的长裙，黑皮鞋黑帽子，白粗绢丝长手套，手里还捧了本皮封面磨旧的经书，红扑扑的脸蛋上，没有涂匀的唇膏溢出嘴唇，丰满的乳房几乎撑破紧身衣，粗犷的腰身尽责地塞满裙子的剩余空间。

“我们走吧。”雅克莫尔说。

他们出了门。她有些慌乱，出于尊重，呼吸时尽量大气不出。

“那么，我什么时候给你做精神分析？”走出一百米后雅克莫尔问道。她脸红了，朝他下身看了一眼。他们走过一道厚密的树篱。

“我们不能在去做弥撒前干这事……”她满怀希望地说。

心理医生感到自己的红棕色胡子抖了一下，他明白她误解了自己的意思，便趁势拉起她的手来到路边。他们从一个长满树莓的小缺口进去，消失在那道树篱后面。雅克莫尔还不小心勾破了他的漂亮衣服。

现在他们来到一片隐蔽的田里，女仆小心地摘下她的黑帽子。

“我可不能把它弄坏了，”她说，“而且，如果我们躺在地上的话，我会沾一身绿……”

“你四肢撑地跪着。”雅克莫尔说。

“当然啦。”她应声道，仿佛这是她觉得唯一可行的方式。

心理医生在和她做爱的时候，看着她粗短的脖子前后摇晃，没有扎牢的金发，耷拉下几缕刘海，在风中晃动。她身上的味有点大，但雅克莫尔自从来到这座房子后还没行动过，并不讨厌这种带点兽性的气味。出于另一种谁都可以理解的担忧，他尽量避免跟她弄出个孩子。

他们赶到教堂时，弥撒刚开始十分钟。看看外面停着的汽车和马车数量，就能估计到那蛋形教堂里挤满了人。

走上台阶前，雅克莫尔看了一眼那姑娘，她红着脸有些羞愧。

“我晚上去您那？”她低声问。

“好的，”他说，“给我讲讲你的生活。”

她有点吃惊地盯着他，发现他不是在开玩笑，于是，她茫然地点点头。他们走进教堂，挤入打扮光鲜而又急迫的人群。雅克莫尔紧贴着她，她身上牲口般的味道充斥着他的鼻翼，汗水在她腋下浸湿出一个圆圈。

神甫结束开场白后准备登上那个布道台。令人窒息的炎热，女人们解开紧身衣，男人们却依然包裹严实，黑色上衣一直扣到领口。雅克莫尔看看周围的那些脸，看起来都很生龙活虎，粗壮结实，太阳和海风把他们的皮肤变得如同皮革，人人踌躇满志的样子。神甫走上白色布道台的踏步，护板打开着，一个式样奇怪的布道台。雅克莫尔记起那个木匠，那个小学徒，不禁战栗了一下。当他想到那个学徒时，女仆身上的气味让他反胃。

当神甫出现在两根橡木立柱之间时，有个男人跳上一条凳子大声招呼大家安静，嘈杂声渐渐平息。教堂中殿笼罩在一片满怀期待的安静中。雅克莫尔注意到穹顶投来的明亮光线反衬着杂乱无章的人群，照亮着巨大屋架上的雕刻和祭台上方的蓝色彩绘玻璃。

“下雨，神甫！”那人说。

人群齐声道：

“下雨！……”

“驴食草太干了！”那人补充道。

“下雨！”人群叫嚷着。

雅克莫尔完全惊呆了，看见神甫张开双臂示意有话要说。嘈杂声渐渐停止。上午的阳光照耀在蓝色玻璃上，大家都觉得呼吸有点困难。

“村民们！”神甫说。

他声如洪钟，响彻教堂。雅克莫尔猜有个扩音器才能让他的声音如此洪亮。大家的脑袋转向天花板转向墙壁，却未见任何喇叭。

“村民们，你们向我求雨，”神甫说，“你们求不到。你们今天来这里像来航鸡一样傲慢，追求物质生活。你们来这里是作为祈求者，却咄咄逼人，你们想要你们不配拥有的东西。不会下雨的，上帝才不管你们的驴食草呢！弯下你们的腰，低下你们的头，让你们的灵魂谦卑些，我才给你们传递上帝的旨意。但你们别指望得到一滴雨水，这里是教堂，不是浇花壶！”

人群里发出不满的窃窃私语，雅克莫尔觉得神甫讲得太好了。

“下雨！”凳子上的男人重复道。

在神甫一阵暴风雨般的慷慨陈词后，这个人的叫喊显得那么苍白无力，帮腔的人都意识到他们暂时处于下风，都不吭声了。

“你们声称相信上帝！”神甫声震如雷，“因为你们每个礼拜天来教堂，因为你们残忍地对待同类，因为你们不知羞耻，因为你们不会受良心谴责。”

当神甫说出“羞耻”两字时，人群的愤怒爆发了，抗议声、叫喊声此起彼伏。男人们握紧拳头跺着脚，女人们不出声，紧抿嘴唇满怀敌意地看着神甫。雅克莫尔开始担心。喧闹声小下去后神甫开腔道：

“我无所谓你们的田地，无所谓你们的牲口和孩子！你们只会过着物质和肮脏的生活，你们不懂什么是奢华！这份奢华，我奉献给你们：我把上帝奉献给你们……上帝不喜欢驴食草，上帝才不管你们的鸡毛蒜皮，不管你们的喜怒哀乐。①上帝是鎏金的锦缎靠垫，是镶嵌在阳光里的钻石，是爱情中的华美装饰；是奥特伊，是帕西，②是丝绸长袍、刺绣袜子，是项链是戒指，是无用之物，是宝藏，是电动圣体显供台……天不会下雨！”

“必须下雨！”说话的汉子吼道。这次他得到了人群的呼应，他们的吼声宛如掀起一场暴风雨。

“回你们的农场去！”神甫咆哮道，“回你们的农场！上帝，是一种额外的享受，而你们只想着最必需的那点东西，对他来说你们是些迷失的人。”

雅克莫尔身旁的一个人突然蹿出，冲向布道台扔了一块石头，但橡木挡板刚好关上，神甫的声音还在继续。石头重重砸在木板上发出一记沉闷响声。

“不会下雨的，上帝不是功利主义者。上帝是一份节日礼物，是一种无偿馈赠，是白金金条，是一幅艺术画，是一道清淡甜点。上帝是锦上添花，他不正不反，是一份额外馈赠。”

① 这句的原文前半句用了plates-bandes，后半句用plates aventures，是一个文字游戏。

② 奥特伊（Auteuil）和帕西（Passy）都是巴黎比较富裕的地区。

石块冰雹似的砸向布道台顶盖。

“下雨！下雨！下雨！”人群现在节奏一致地喊起来。

被人群疯狂的情绪裹挟，雅克莫尔吃惊地发现自己居然在同他们一起喊。

他低头看，左右两侧的农民都在原地跺脚，这种充斥整个教堂的脚步声仿佛一队士兵正从一座铁桥上经过。最靠近布道台的几个人被后面的人往前推，他们开始摇晃支撑布道台悬空的四根粗木柱。

“不会下雨的！”神甫顽固地说，人们可以想象他躲在挡板后又气又急的样子。

“天上会掉下天使的翅膀、翠绿的羽毛、美丽的图画……但是不会下雨！上帝才不会管驴食草、燕麦、小麦、黑麦、大麦、啤酒花、荞麦、三叶草、苜蓿、白景天和鼠尾草……”

雅克莫尔不得不赞叹神甫的博学，但布道台的四条腿一下子都断了，人们听到扩音器里传来神甫头撞在木板上时骂出的脏话。

“好吧！好吧！”他喊道，“天会下雨！下雨！下雨！”过了一小会，人们拥向教堂敞开着的门。天色突然阴沉下来，最初落下的雨点打到台阶上就像跳跃着的小青蛙，紧接着是一场真正的大暴雨，把屋顶砸得叮咚作响。人们七手八脚勉强把布道台扶起来，神甫打开了挡板。

“弥撒结束。”他简单地说了一句。

人们画着十字，男人们戴上鸭舌帽，女人们站起身，大家往外走去。

雅克莫尔想去圣器室，但不得不扶住一条长凳才不被人群挤到门口。他往里走时，被那个木匠撞了一下，他认得出木匠的大嘴巴和酒糟鼻子。那人朝他不怀好意地笑了笑。

“你看到了吧？”他说，“这里，我们信仰上帝，这不是神甫能阻挡的。他根本不懂上帝是派什么用场的。”

他耸耸肩继续道：

“好吧，我们随便他闹去，没什么坏处，倒是让人寻个乐子。有没有神甫，我们都喜欢做弥撒。反正，我的布道台还是挺牢的。”

他走了。雅克莫尔不知道女仆去了哪里，决定不去管她。人群散得差不多了，他终于来到圣器室门口。他没有敲门径自走到第二间屋子。

神甫跛着脚在屋子里来回踱步，被圣器管理人的溢美之词夸得心花怒放。这个小个子男人是那么不起眼，雅克莫尔费了很大劲才想起上次在这里见过他。

“您太了不起了！”圣器管理人说，“您太完美了！这是怎样的聪明才智啊！这是您最好的表演！”

“哈！我想我戏弄了他们一番。”神甫说。他额头上撞出了一个巨大的乌青块。

“您是多么令人惊叹！”圣器管理人说，“太有创造力，太有灵感了！是如此精彩的现代科学！我深信不疑，我被折服，深深折服！”

“不过……你有点夸张吧……”神甫说，“真的很好？……我真精彩到这个地步？”

“请允许我在刚才那位先生的赞美中加入我的赞美。”雅克莫尔插话道。

“噢！……何等的才华，”圣器管理人赞叹道，“您……卓越绝伦！”

“听着，你真的太过奖了，先生。”神甫暗自得意，微笑着对雅克莫尔说。

“请坐，先生。”

雅克莫尔拉过一把椅子。

“啊！……”圣器管理人激动地说，“当您对他们说‘这里是教堂，不是浇花壶’时，我跪拜了。多么机智，多么机智啊，神甫大人！还有‘上帝不喜欢驴食草’，多么艺术！”

“这倒是真的！”神甫赞同道，“不过别耽误了这位先生。”

“我来是为了洗礼的事。”雅克莫尔解释道。

“我记得，我记得，”神甫连声道，“行……我们马上办这件事。4点钟你们都过来，我会在3点40分敲响钟。马上，没问题。”

“非常感谢，神甫先生。”雅克莫尔站起身说，“我要再次赞美您一下，您真的很惊心动魄。”

“哈，惊心动魄，就是这个词，惊心动魄，神甫大人！”圣器管理人说。

心满意足的神甫紧紧握住雅克莫尔的双手使劲晃了晃。

“很遗憾您这么匆忙就走了，我很想留您一起午餐……但又怕耽误您的时间……”

“我确实有点着急回去，”雅克莫尔说，“下次吧。谢谢，非常棒！”

他大步向外走，教堂中殿阴暗肃穆。雨几乎停了，室外太阳重新露脸，地上升腾起一股水汽。

十八

“我今天的剂量已经足够，”雅克莫尔心想，“一天内去了两次教堂，以后十年或者九年半我都不用踏进教堂门。”

他坐在客厅里等待。楼上女仆、安热尔、克莱芒蒂娜的脚步声，穿过厚厚的楼板和砂岩地砖后变得有些沉闷。时不时，三个小家伙中两个的哭声毫不费力地传过来，钻进雅克莫尔耳膜。那是诺埃尔或乔埃尔，西特罗昂从来不哭。

居勒布朗特地为洗礼仪式穿了一条粉红色宽花边的塔夫绸连衣裙，黑皮鞋黑帽子，十分碍手碍脚，撮着指尖拿东西，已经摔碎了三个花瓶。

安热尔穿得和平时一样，克莱芒蒂娜穿黑裤子和相配的上装，三个小家伙在缀着花边的小提篮里神气活现。

安热尔下楼把车开出。

克莱芒蒂娜抱着诺埃尔和乔埃尔，把西特罗昂交给女仆。西特罗昂时不时看看他母亲，小嘴微微咧开，但是他不哭，西特罗昂从来不哭。克莱芒蒂娜有时略带嘲讽地看他一眼，便满怀爱意去轻吻诺埃尔和乔埃尔。

汽车停在台阶前，大家走出屋子，雅克莫尔走在最后，手里提着装杏仁糖、钱和面包片的大包，仪式结束后他们要把这些分发给村里的孩子和牲口。

天空一如既往地湛蓝，把花园衬托得姹紫嫣红。

安热尔发动汽车，他开得很慢，因为车里有孩子。

女仆每次晃动身体，大家都能听见塔夫绸发出的窸窣声。这是条非常漂亮的裙子，雅克莫尔却喜欢另一条提花裙，更能衬托出她的身材。现在这条让她看上去十分土气。

十九

9 月 2 日

浓重的夜色包围了雅克莫尔，他坐在书桌前沉思。他有些倦怠，甚至懒得起身开灯。这真是疲惫的一天，是疲惫一周里的最后一天，他试着平复情绪。这几天过得热闹躁动，他几乎未感觉到精神分析的需要。但现在他一个人在房间里，放松下来，那种真切的、令人不安的空虚感又卷土重来，蜂拥而至的思绪掩饰着百无聊赖。他心神不定，无所事事，等着女仆来敲门。

上过清漆的房间里很热，散发着木料的气味，而附近大海的气息冲淡了这种浓烈味道，使空气变得安宁和清新，窗外传来几声鸟叫和昆虫快速振翅的声响。

少顷，有人轻轻拍门。雅克莫尔起身开门。那个年轻乡下姑娘走进来，羞怯地站在门口不敢动。雅克莫尔笑了，他关上门，插上插销。

“怎么，害怕了？”

他立刻有些后悔自己的粗鲁，但一想到女仆那样的粗鲁之人肯定习惯了粗鲁，便又释怀。

“坐吧……坐床上吧……”他提议。

“我不敢……”她说。

“没事，没事，”雅克莫尔说，“和我不用拘束，躺下，放松就好。”

“我要脱衣服吗？”她问。

“随便你怎么做，”雅克莫尔说，“如果你想脱就脱，不想脱就不脱，放松自然……是我唯一的要求。”

“您也脱衣服吗？”她鼓起勇气问。

“噢，听着，”雅克莫尔有些不满，“你是来做精神分析的还是来私通的？”

她羞愧地低下头。

“我不懂您那些深奥的词，”她说，“但我很乐意做您让我做的事。”

“我不是说了吗，随便你怎么做。”雅克莫尔强调。

“我很乐意别人告诉我该怎么做……反正不是我指挥……”

“那就在那里躺下吧。”雅克莫尔说。

他回到书桌前坐下。她看了看他的下身，下了决心，便熟练褪下裙子，是她从洗礼仪式回来后换上的日常棉布花裙。

雅克莫尔打量着她，有些丰满，很结实。乳房圆润肥硕，腹部还未被分娩蹂躏。她将要在床上躺下，他寻思等她走后，她留在床上的气味会让他睡觉时心神不宁。

她笨拙地走了几步，显然还是有几分羞怯。

“你几岁了？”雅克莫尔问。

“二十岁。”她说。

“哪儿人呢？”

“就是这村里的。”

“你是怎么长大的？最初的记忆是什么？”

雅克莫尔尽量用轻松的口气闲聊，以打消她的戒心。

“你还记得你的爷爷奶奶吗？”

她想了一分钟说：

“您叫我来就是为了这个？为了问我这些事？”

“也是为了这些。”雅克莫尔谨慎地回答。

“可这些事与您无关。”她说。

她从床上坐起来，把腿搁在床沿。

“您上不上我？”她问道，“我来就是为了这个，您很清楚。我不会说话，但我还不至于笨到让您随便嘲笑我。”

“哦，你走吧。”雅克莫尔说，“你脾气真大，明天再来吧。”

然而当她起身，从心理医生面前走过时，她喉结让他心中一动。

“好吧，待在床上，我过来。”

她迅速回到床上，甚是急迫。当雅克莫尔靠近时，她转过身去，把屁股对着他，他就在这个位置干了她，和上午在草地上一样。

二十

安热尔躺在克莱芒蒂娜身边，小床上传来三个孩子睡梦中轻微的鼾声。他知道克莱芒蒂娜还未睡着，一个小时以来，他们就这么并排躺在黑暗中。

他挪挪身体，想找一处更凉爽的位置。移动中他的腿不小心碰到了克莱芒蒂娜的腿，她惊跳起来打开灯。安热尔睡眼蒙眬，支着枕头看着她。

“你怎么了？不舒服？”他问。

她坐起来摇摇头。

“我再也受不了了。”她说。

“受不了什么？”

“我再也受不了你，受不了睡在你身边。只要一想到你会靠近我，碰我，我就再也没办法睡觉。当我感觉你腿上的汗毛触到我腿上时，我几乎要发疯，想大喊大叫。”

她声音紧张、颤抖，竭力克制着叫喊出来。

“你睡到别处去吧，”她说，“可怜可怜我，放过我。”

“你不爱我了？”安热尔傻傻地问。

他看着她。

“我无法再触碰你，”她说，“或者我还可以碰你一下，但我不能想象你要来碰我，哪怕只是一小会，这太可怕了。”

“你疯了？”安热尔问。

“我没有疯，任何与你身体的接触都让我害怕。我是爱你的……就是说我希望你快乐……但不是这个样子，这样对我来说代价太大了，不该是这样的代价。”

“可是，我并没要怎么样，我只是翻一下身就把你吓成这样。不要这种样子吧。”

“我不是故意装样子，”她说，“这就是我正常的样子。现在，睡到你自己的房间里去吧！……求你了，安热尔，可怜可怜我吧。”

“你没事吧。”他嘟哝着摇摇头。

他把手按到她肩头，她在颤抖但没有阻止他。他在她鬓角轻轻吻了一下，然后站起来。

“我回我的房间，小甜心，”他说，“别担心……”

“听我说……”她还想解释，“我也不想这样……我不知道该怎么对你说……我再也不想要……别指望我还会重新开始……试着另外找个女人吧，我不会嫉妒的。”

“你不爱我了……”安热尔伤感地说。

“不再是这种爱法。”她说。

他走了。她看着身边枕头上的凹陷处，他睡觉时总喜欢枕着枕头下半截。

其中的一个孩子在睡梦中动了一下，她竖起耳朵，婴儿重新进入睡眠，她抬手关灯。现在，她独自拥有整张大床，再也不会有男人来碰她。

二十一

雅克莫尔也在他的房间里刚关上灯。女仆在床垫上翻身的声音轻了下去。有那么一会儿，他仰面躺着一动不动，最近几天发生的事情在脑海里翻腾，让他心跳气喘。渐渐地，他平静下来，意识开始模糊。他合上沉重的眼皮，一条狭长粗糙的光带出现在视网膜上。

第二部分

一

5月7日　星期二

越过花园的尽头处，远处高耸的悬崖直插入海，撕裂海面，海浪日夜翻滚泛起一层层白色泡沫。在岩石堆积的悬崖，一块不规整的蘑菇形巨石傲然耸立，一任风吹雨淋，让人望而却步，只有蕨类和山羊方能驻足。从房子里是看不到这块巨石的，人们称它为“大地之子”，呼应对面大海拍打礁石腾起的千层巨浪——“大海之子”。大地之子的三面都很容易攀爬，但北向的那面对攀爬者来说就是一连串陷阱，几乎是一道不可逾越的屏障，仿佛出自一个狡黠的建筑师之手。在这里攀登完全靠运气。

有时候海关人员会来这里训练，一整天都绑着他们绿白相间的棉背心，尽力向新来者传授攀爬技巧。如果没有这些技巧，走私货早就泛滥成灾了。

但这一天，巨石处杳无人迹。克莱芒蒂娜贴着岩壁，小心移动双脚。从前，她从东面、西面和南面爬到顶峰，简直如同儿戏。但今天她豁出去了，没有任何可抓手的地方，手下只有大地之子光滑坚硬的岩壁。

她腹部紧贴一道几乎垂直的斜坡，离她头顶三米远处，有一个凸起可以让她抓住。从那里开始才是真正的考验，因为大地之子的上半段几乎都是悬垂的岩石。不过当务之急是爬完眼前的三米。

借助草底帆布鞋，她把脚尖卡进一条沿陡坡展开的裂缝中，才得以悬空贴住崖壁。裂缝淤积的少量泥土中长出一些微小植物，在灰色光滑的石壁上留下一条绿线，就像小学老师衣襟上别了一枚农业勋章。

克莱芒蒂娜慢慢深吸一口气，像苍蝇那样贴着墙壁缓缓移动。三米，仅仅三米，连她双倍的身高都不到。

人凑近了，方可见岩石表面有些凹凸，只有距离很近时才能看清，但这些凹凸还不足以保证人不摔下去。她双手抓住犄角般凸出的石块，勉强移动。隔着裤子干燥的布料，岩石摩擦着她的膝盖。她的双脚朝那条绿线又上移了三十厘米。

她喘口气，看了一眼后继续攀爬。十分钟后她在一个小龛站住脚并准备下一步攀登。她额头汗如雨下，湿漉漉的头发贴住太阳穴，她闻得到自己呼出的植物气味。

她几乎无法动弹，因为空间太小。她转过头，从一个不常见的角度看到大海之子和它腰带似的海浪泡沫。太阳已经升得很高，把云彩的影子投到岸边嶙峋的礁石上。

大地之子就耸立在她头顶，宛如打开了四分之三的书脊，微斜于万丈深渊之上。现在她必须爬过一个向后倾的锐利尖角。

克莱芒蒂娜仰头看着那尖角，有一种快感在喉咙口徘徊，她的两腿间忽然湿润了。

二

吃奶前，三个小家伙在关着他们的屋子里乱爬。他们开始丢弃二十四小时都在睡觉的习惯，喜欢时不时伸展一下他们小小的双腿。诺埃尔、乔埃尔尖声叫着。西特罗昂则更矜持，只是围着一张矮桌打转。

雅克莫尔观察着他们。他常去看他们，他们现在看上去更像个小人儿而不再是毛毛虫的样子。受惠于这里的气候和细心照料，他们看上去比实际年龄大许多。两个大的有着光滑的淡色金发，老三则是褐色鬈发。像他出生的那天一样，他看上去要比哥哥们大上一岁。

他们滴滴答答流着口水，仿佛从嘴巴里拉出一根透明、柔软、脆弱的长线，他们所经之处地上便留下一摊水迹。

雅克莫尔看护着西特罗昂，他鼻尖朝地用最后一点力气继续打转，随后动作慢下来，最后一屁股坐了下来，抬头看着矮桌。

“你在想什么？”雅克莫尔问。

“唔！……”

他朝矮桌伸出手，桌子太远。他坐在地上，屁股往前挪了一点，然后毫不犹豫地抓住桌子边缘，站了起来。

“你赢了，”雅克莫尔说，“就该这样。”

“噢，吧。”西特罗昂说着，一松手又一屁股坐在地上，他很惊愕的样子。

“看看吧，”雅克莫尔说，“不能松手的，很简单。7 年后你会第一次领圣体，20 年后你结束学业，再过 5 年你结婚。”

西特罗昂摇着头，一副不以为然的表情，又迅速站了起来。

“好吧，得去找鞋匠或马蹄铁匠了，”雅克莫尔心想，“你知道，这地方的人抚养孩子的方式真严酷。人家给马掌钉钉，它们也不见得多难受。这或许也是你母亲希望的。”

他伸伸懒腰，这是什么日子啊，没人可做精神分析，女仆总是不配合，毫无进展。

“到时候是我带你们去那儿，小家伙们。”他说，“我有好几个星期没去村里了。”

西特罗昂还在围着桌子打转，但这回是站着打转。

“嚯嚯，你学得挺快，”雅克莫尔心想，“可能你要快于我的计划。不过这样倒是有个人可以陪我一块散步。”

乔埃尔和诺埃尔开始烦躁不安，雅克莫尔看看手表。

“哦是，时间到了，甚至已经超过。但又能怎样，迟到这种事，谁都会碰上。”

乔埃尔开始哭起来，诺埃尔跟着哭。只有他们的弟弟没有反应，冷眼看着他们。

克莱芒蒂娜回来时已经三点半。她发现雅克莫尔仍然坐在老地方，神思恍惚，似乎完全没有听见双胞胎的大哭小叫。同样无动于衷的西特罗昂坐在雅克莫尔腿上，正扯着他的胡须玩。

“你终于回来了！”雅克莫尔说。

克莱芒蒂娜左腿的裤管完全撕烂，脸上青一块紫一块。

“看起来玩得挺过瘾呀。”他说。

“还不错，”她冷冷道，“你呢？”

她故作镇静的口吻与她显然还很兴奋的肢体形成一种反差。

“太折腾了！”一分钟后她终于老实说道。

“这个，他们渴了，他们需要你，你知道。就像你需要那些石头。”

“我没能更快赶过来。”她说，“我先喂最乖的那个。”

她从心理医生腿上抱下西特罗昂，坐到另一把椅子上。雅克莫尔识趣地别过头。他不喜欢看她喂奶，因为见不得雪白皮肤下那些清晰可见的血管。他觉得哺乳背离了乳房的真正用途。

“你知道吗，他会走路了……”心理医生继续道。

她吓了一跳，不禁把乳头从孩子嘴里拔出……孩子也不哭闹，只是静静等着。

“他会走路了？”

她把他放到地上。

“走走看！……”

西特罗昂抓着她的裤子，站得好好的。她重新抱起他，有点不敢相信。

乔埃尔和诺埃尔还在那里哭，手脚并用爬过来。

“那他们呢？”她问。

“他们还不会。”心理医生说。

“那好。”她点头道。

“你似乎有点担心他会走路？”雅克莫尔试探道。

“哦，他们还走不了几步，可怜的小宝贝。”

西特罗昂吃完奶。她抓过乔埃尔和诺埃尔的围兜把他们拖到身边。雅克莫尔站起身。

“总之，你会一直爱他们吧？”他问。

“他们看上去那么勇敢，”她回答，“再说他们需要我。你要出去？”

“我需要散散心。”雅克莫尔承认。

“为西特罗昂的事，你到马蹄铁匠家转一下吧。”克莱芒蒂娜说。

“你为什么非要像农民那样抚养孩子？”

“为什么不呢？”克莱芒蒂娜有些不快地应道，“你看不惯？”

“看不惯。”雅克莫尔回答。

“装高贵！”克莱芒蒂娜说，“我的孩子很朴实。”

他离开屋子。西特罗昂看着他，脸上的表情很凝重，就像那些被炸坏的石雕圣人头像。

三

女仆来了。

“您找我？”她问。

“把这三个孩子带走，给他们换衣服，让他们睡觉。”克莱芒蒂娜说。

克莱芒蒂娜仔细看了女仆一眼。

“你脸色真难看。”

“哦，太太，您觉得？”

“你继续和雅克莫尔睡觉？”克莱芒蒂娜问。

“是的。”女仆答。

“他是怎么对付你的？”

“哦，他趴到我身上。”女仆说。

“他问你问题吗？”

“问，他一直在问我问题，搞得我什么感觉都没体验到。”

“永远都别回答，还有，别再跟他睡觉了。”克莱芒蒂娜说。

“可这让我有件事做。”姑娘说。

“你让我恶心，如果他让你怀上孩子，有得你好受……”

“还没发生呢。”

“会发生的，”克莱芒蒂娜颤抖着说，“总之，你最好别跟他睡觉了，这一切让人恶心。”

“我，我们那样子，我没觉得有恶心的地方呀。”姑娘说。

“给我滚吧。”克莱芒蒂娜说。

居勒布朗抱着三个孩子出去了。

克莱芒蒂娜回到自己房间，脱下衣服，用古龙水擦洗脸上的伤口，然后躺在地上做起体操来。

做了一会儿，她从地上换到床上，这次她可以准时喂奶了。这样让孩子们等待没有任何意义，孩子饿了就该吃，其他都不重要。

安热尔蜷缩在自己床上，心情沮丧到极点，眼睛看着天花板。他听到三声敲门声。

“进来！”他说。

雅克莫尔进来道：

“肯定又是什么都不想做……”

“一向如此。”安热尔回答。

“你还好吧？”心理医生问。

“还好，”安热尔说，“我发烧了。”

“我看看。”

他凑近安热尔，搭搭他的脉搏。

“确实。”他点头道。

雅克莫尔在床沿坐下。

“把你的脚往里挪点。”

安热尔腾出一半地方，雅克莫尔坐下，摸着自己的胡须。

“你干了些什么呢？”他问。

“你很清楚。”安热尔说。

“找女人？”

“找了一个女人。”

“和她睡觉了？”

“我没能够……”安热尔说，“我们俩一到床上，我的体温马上蹿高。”

“克莱芒蒂娜一点都不想要了？”雅克莫尔问。

“一点都不想，而其他女人让我发高烧。”安热尔诉苦道。

“那是因为你居心不良。”雅克莫尔不客气地说。

安热尔狡黠地笑笑。

“那天，我这么说你的时候，你生气了吧？”

“怎么说呢，”雅克莫尔说，“听上去肯定不舒服……尤其是当人家没有居心的时候。”

安热尔未搭腔，很明显他身体有些不适，解开衣领，大口呼吸着五月的空气。

“我刚才去看了你老婆，”雅克莫尔说，“她想放松一下自己，孩子们成长的速度太惊人了，西特罗昂已经会站立了。”

“可怜的小东西，”安热尔说，“他这个年纪就会站，以后要变罗圈腿的。”

“不会的，”雅克莫尔说，“他能站得住，说明他的腿可以支撑。”

“顺其自然吧……”安热尔嘟哝道。

“你老婆派我去找马蹄铁匠，”雅克莫尔说，“你不担心她抚养他们的方式有点野蛮？”

“我不能说什么，”安热尔叹道，“是她吃了很多苦，不是我。这就赋予了她某种权利。”

“我最讨厌这样说，”雅克莫尔反驳道，“不能因为痛苦，随便什么人就可以对任何人任何事为所欲为。”

“她真的虐待他们了？”安热尔转移话题。

“不，”雅克莫尔说，“她对自己更严苛，但这也不能作为她那么做的理由，她是存心的。”

“我想她是爱他们的。”安热尔说。

“哦……是的……”雅克莫尔回答。

安热尔不说话，看得出他的状态不好。

“你需要找点事排遣一下，”雅克莫尔说，“驾船去吧。”

“我没有船……”安热尔回答。

“那就造一条。”

“这倒可以考虑。”安热尔嘟哝着。

雅克莫尔没有说话，站了起来。

“我得去找马蹄铁匠了，因为她很坚持。”雅克莫尔说。

“明天去吧，”安热尔建议，“让那个可怜的小东西多等一天吧。”

雅克莫尔摇摇头说：

“我不知道，如果你反对，就应该说出来？”

“我是弱势地位，”安热尔说，“再说，我想她肯定有她的道理，她是当妈的。”

雅克莫尔耸耸肩走了，宽宽的方砖楼梯在他匆忙的步履下微微颤抖。他穿过客厅来到室外。春天让大地万物复苏，色彩缤纷，在绿草如茵的大地上画下一道道绚丽的痕迹。

四

5 月 8 日

第二天是礼拜三，雅克莫尔去村里。他避开那条通向老人拍卖集市的主干道，在到达居民区之前，斜穿到房舍后侧的小路上。那里生长着一些绿色野生植物，会让人起荨麻疹，也能像刀子般割人，农民称它们割人藤。

猫儿们蹲在墙头或趴在窗台上懒洋洋晒太阳，一切都那么死寂。尽管心理医生总是觉得百无聊赖，现在放松下来，还是能感受到每一个细胞的活力。

他知道右侧房子的后面，就是那条缓慢流动的红色小河，他知道再远一点小河会左拐，所以看到小路顺着同样的角度拐弯时他一点都不吃惊。由此，他觉得可以得出结论，所有农舍呈现一成不变的深度。

几十米开外，一群人似乎正在干着一件复杂的活计。因为他正好朝那个方向走去，一声惨叫刺痛了他的耳膜，那是因疼痛发出的嘶叫，听上去却跟因愤怒而发出的叫声差不多，但这种细微差别没能逃过他的耳朵。

他加快脚步，心跳也随之加快。在一扇高大笨重的橡木门前，一群农民围着正在折磨一匹马。雅克莫尔凑上前，看见六个男人合力将马抵在门板上，剩下的两个男人正在朝马的左前腿敲钉子，是那种钉木梁用的大钉子，钉子已经穿透皮肉，钉尖散着寒光。一股血水顺着马儿棕色的皮毛往下滴，这就是雅克莫尔刚才听到惨叫的缘由。

农民继续忙着手上的事，才不管心理医生是否来自远方，比如来自英伦群岛之类的。只有那匹马饱含泪水的大眼睛盯着雅克莫尔，咧嘴露出一丝苦笑。

“它怎么了？”雅克莫尔问。

五六个人中的一个淡定地回答：

“这是匹种马，它偷腥了。”

“那也没什么大不了的吧。”雅克莫尔说。

和他说话的那个人朝地上啐了一口，没理他。现在他们开始往种马的右腿上钉钉子。看到钉子穿过马儿因恐惧而失色的皮肤，被一下子敲进肉里，雅克莫尔不禁打了个冷战。种马像刚才那样，发出一声凄厉的长嘶。刽子手们把它的腿死死抵在厚重的门板上，它的双肩在重压下咯咯作响。马儿弯曲的前蹄，形成一个锐角，正好框住凄惨的马头。闻到血腥味的苍蝇已围住蹄子，在钉子边嗡嗡打转。

抓住马后臀的那几个人分散开，把马蹄内侧按到门板后方形的枕木上。雅克莫尔目瞪口呆，不放过他们的每一个动作。他感觉喉咙口被一团东西卡住，好不容易才咽下去。种马的肚子一直在颤抖，硕大的阳具似乎也缩小了，耷拉在皮囊下。

路对面传来一些低语声，有两个人走过来，一个成人，一个年轻人。雅克莫尔刚才没看见。成年人手插在衣袋里，身材高大多体毛，胳膊露在贴身马甲外，铁皮围裙的下摆撞击着他的小腿。年轻的那个显然是备受欺凌的学徒，端着一口装了烧红木炭的生铁锅，里面露出一把弯钩的长柄。

“马蹄铁匠来了……”有人说。

“你们对这牲口真的太残忍了。”雅克莫尔忍不住低声说。

“这不是头牲口，它是种马。”那农民说。

“它也没做什么大不了的事。”

“它本来是自由的，谁让它偷腥。”那人回答。

“可这是它的职责啊。”雅克莫尔说。

学徒把生铁锅搁地上吹了口气让火苗燃起，他师傅把铁钩子在炭火里翻了翻，判断烧得差不多了，拿出弯钩走向种马。

雅克莫尔转身逃走，双手捂住耳朵。他抱着脑袋笨拙地奔跑着，自己也在大声吼叫，为了遮盖种马的绝望惨叫。走到那个小广场他终于停下来，他知道教堂就在边上，双手也终于放了下来。他刚从红色小河的木桥上穿过，河里没有一丝波纹，河水几乎凝固。远处拉格罗伊正用牙齿衔着那些苍白腐肉的碎片，往小船里丢。

五

雅克莫尔惶恐地看看四周，根本没人在意他疯了似的逃跑。教堂就在眼前，状如巨蛋，蓝色彩绘玻璃窗像一道被撕裂的口子，正好让人下嘴。教堂里传来隐隐的唱诗声。雅克莫尔绕过去，定定神踏上台阶走进去。

神甫站在祭台前打着拍子，二十来个孩子唱着首次洗礼的赞美歌。那些巧妙的歌词尤其打动心理医生，他凑近祭台想听个真切。

山楂花，是一种花
脂肪，是一种肥肉
M……是一种幸福
耶稣，比这些都好
草，是给牲畜
肉，是给爸爸
头发，是给脑壳
耶稣，比这些都好
耶稣，是余粮
耶稣，是额外
耶稣，是奢华……

心理医生这时听出歌词的作者就是神甫本人，就不再那么专心致志地听了，心想问神甫抄一份很容易。音乐略微平复了他混乱的思绪。他不想打搅神甫排练，便找个地方默默坐下。教堂里很凉爽，孩子们的歌声在大殿回荡，声波传到墙体的齿形构件，形成回声。雅克莫尔随意地东看西看，看见布道台已被放回原处，并且加了两个大铰链。下次万一它再被推倒时也不会摔坏了。雅克莫尔突然意识到，三个小家伙洗礼过后，他再也没来过教堂，时间过得真快。时间过得确实快，因为已经暗下的天色缓和了蓝色彩绘玻璃的冷硬，孩子们的歌声也更加温柔，所以暮色和音乐的组合最能打动人心，可以包扎灵魂的伤口。

他带着平静的心情走出教堂，心想该去找马蹄铁匠了，免得回去后克莱芒蒂娜絮絮叨叨。

夜色降临，雅克莫尔朝村头广场走去，嗅到空气中若有若无的马蹄烧焦的煳味。为了不迷失方向，他干脆闭上眼睛，用鼻子顺着气味找到那间昏暗的店铺。小学徒正对着火炉拉风箱。门前有匹马，等着掌最后一只蹄子。他们刚给它全身剃过毛，除了四个蹄子没剃。雅克莫尔欣赏马儿饱满滚圆的臀部、略微下凹的背和强健的脊梁。粗硬的马鬃，如修剪过的黄杨。

马蹄铁匠从黑黑的门洞走出来，就是雅克莫尔一小时前见过的从路对面走来折磨种马的那个人。

“你好。”雅克莫尔说。

“你好。”铁匠答。

他右手握一把长长的钳子，夹了一块烧红的铁片，左手臂上吊了一把锤子。

“抬起你的腿。”他对马儿说。

后者顺从地抬起腿，一眨眼工夫，马蹄铁就掌好了，在暮色中腾起一股蓝色的烟雾，夹带一股焦煳味，雅克莫尔开始咳嗽。马儿把腿踩在地上试试新铁掌。

“怎么样？没有太小吧？”铁匠问。

马儿示意没有太小，并把头搁在马蹄铁匠肩上，后者摸了摸它的鼻子。马儿随即迈着轻快的步子走远了，在地上留下一堆毛，就像在理发店那样。

“嗨！你过来把它们扫掉！”铁匠对小学徒喊道。

“好的。”学徒应声道。

铁匠准备进屋，雅克莫尔拉住他。

“那个……”

“什么事？”铁匠问。

“你能不能到峭壁上那人家去一趟？有个孩子会走路了。”

“很着急吗？”那人问。

“是的。”雅克莫尔说。

“他们可以过来吗？”

“不能。”

“我要看一下。”铁匠说。

雅克莫尔走进铺子，撞上拿着旧扫帚，正把地上凌乱的毛扫成让人恶心的一大坨的学徒。雅克莫尔走到门槛，里面非常暗，他被炉火晃花眼睛，只见一团橘黄色的斑点映射出一些不协调的黑影。靠近火团，雅克莫尔认出那是一块铁砧，一旁的钳桌上躺着一个模糊的人形模样的东西，门口透进的光勾勒出金属的反光。

铁匠看完记录本后回来，看见雅克莫尔时不禁皱了皱眉头。

“你等在外边，”他说，“这里可不是个磨坊。”

“对不起。”雅克莫尔很尴尬。

“我明天过去，”马蹄铁匠说，“明天上午 10 点，希望一切都准备好，我可没有多少时间。”

“一言为定，谢谢。”雅克莫尔说。

那人回到铁匠铺，小学徒在扫拢的马毛上点了一把火，刺鼻的臭味差点熏倒雅克莫尔，他落荒而逃。

回家路上，他注意到一间裁缝铺。橱窗后明亮的屋子里，可以清楚看见一个老太太正在缝一条白绿相间、镶着英国花边的连衣裙。雅克莫尔停住脚步，想了一会儿，又重新上路。快到家门口时，他终于想起克莱芒蒂娜几天前穿过一条一模一样的裙子，也是白绿相间的条纹，领口和袖口镶着英国花边。然而，克莱芒蒂娜是不穿村里人做的衣服的，到底是不是呢？

六

3月9日

雅克莫尔站起身。一整晚他都在设法让女仆开口，未果。与平时一样，他们最终以交媾收场，仍然是四肢跪地，那是她唯一肯接受的姿势。雅克莫尔烦透了这种令人沮丧的沉默，他需要她手上的气味、她阴户的气味来安慰自己。他提了许多具体问题，得到的却是她泛泛的回答。她不在场时，他充满了对她的恼怒，孩子气地准备着攻击她的理由。但一旦面对她，那种沉默，那种不由自主的倦怠，让他斗志全无，除了泄气，他找不到其他感受。他嗅嗅手掌，通过在意念中操纵、固化他的占有，重新找到活力。尽管他有些倦怠，但回想那些场景，他的肉体又亢奋起来。

盥洗时他避免洗那只手，洗完后他决定去找安热尔，他需要有个人说说话。

安热尔没在自己房间里，雅克莫尔敲了三次门，每次敲三下，都无回应。他又去别的房间敲了一圈，心想安热尔一定出去了。

花园里传来拉锯的声音，他一定在那儿。

雅克莫尔拐到一条小径，悄悄嗅嗅手指，指上的气味还在。

锯木的声音越来越清晰。在车库那儿，雅克莫尔看见安热尔身穿蓝帆布裤，没穿外套，正在锯一块搁在架子上的厚木板。

雅克莫尔走上前，木板不规整的一端刚好被锯下，掉在地上发出沉闷的响声。

安热尔直起身子放下锯子，向心理医生伸出手。

“你看，我听从了你的建议。”他说。

“一条船？”雅克莫尔问。

“一条船。”

“你会造船？”

“我不要求它有多完美，”安热尔说，“能在水上漂就行。”

“那就做个木筏子吧，”雅克莫尔说，“那是方的，更容易做。”

“是的，”安热尔说，“可那不够漂亮。”

“像漂在水里的一摊油漆。”雅克莫尔说。

“像漂在水里的一摊油漆。”安热尔说着放下锯子，抬起他刚刚锯好的木板。

“这块派什么用？”雅克莫尔问。

“我不知道，”安热尔说，“目前我先把不整齐的那端锯掉，我喜欢用规整的木板干活。”

“你这是重复劳动……”

“无所谓，反正我也没其他事要做。”

“真有意思，”心理医生嘀咕道，“如果木料未切割规整，你就不能开始干活？”

“可以开始，但我不喜欢。”

“你这样子有很久了吗？”

安热尔狡黠地看了他一眼。

“怎么，这算例行提问？”

“完全不是！……”雅克莫尔辩解道，一边把手指放到鼻子下嗅，假装是一侧鼻子不通气。

“你这是职业习惯？”

“不，”雅克莫尔说，“因为我早对别人不感兴趣了，你让我对谁还有兴趣呢？”

“对你自己。”安热尔说。

“你很清楚我是空的。”

“如果你自问为什么会空，这足够填充一点。”

“微不足道。”雅克莫尔说。

“一直没人可分析？”

“没人……”

“那试试动物吧，现在有人这么做的。”

“你怎么知道？”雅克莫尔问。

“书上看来的。”

“不能全信书上的。”雅克莫尔教训道。

他拇指内侧一定是保留了某种特殊的气味。

“还是试试吧。”安热尔说。

“我要告诉你……”心理医生刚开始说，突然又打住。

“告诉我什么？”

“算了，”雅克莫尔继续道，“我还是不对你说了，我想自己看看这是不是真的。”

“是一种假设？”

“一种理论。”

“好吧，反正这是你的事。”安热尔说。

他转身到车库，从开着的门可以看到汽车右后侧，一堆捆扎好的轻度弯曲的木板靠在墙上。

“你倒是不缺木料。”雅克莫尔赞叹道。

“不管怎样，这会是一艘相当大的船。”安热尔说着走进去选木板。雅克莫尔抬头看看天，天空没有一丝云彩。

“我得走了，我去村子里。”他说。

“祝你好运！”

锯东西的声音继续响起，随着雅克莫尔走远，声音越来越小。当他走到花园栅栏门时，已完全听不见，他走上土路。雅克莫尔突然想起刚才和安热尔说的话，突然想起那只蹲在村口墙头的大黑猫，它是少数赞同他的生物之一。

那堵墙肯定是黑猫喜欢的地方，他加快脚步想过去看看。同时他又把拇指放到鼻尖下猛嗅几口。气味能让一些图像具体化：女仆厚实的背脊，自己对着那个浑圆屁股的撞击，这些场景帮助他往前走。

七

3月24日

风从柴门裂隙卷起麦秸枯草，把它们吹散到路上，围着谷仓、围着被遗弃在太阳下的旧石磨打转。风从大清早开始刮，掠过海面，波浪卷起泡沫，仿佛扬起一把砂糖；风攀上岩壁，从一片欧石楠中呼啸而过；风围着房屋打转，发出凄厉的呼啸，飞沙走石；风扬起去年秋天残留的未被腐蚀的落叶，吹散遗留在车辙缝里的干马粪。

一股旋风在村口升腾，裹挟着残枝败叶打转，形成一道模糊不清的柱形旋涡。它的尖端任性地舞动着，仿佛铅笔芯画出一道道曲线。在一堵高高的灰墙上有一团黑乎乎、蓬松松造型的东西，那个柱形旋涡顶端歪歪扭扭、摇摇摆摆地靠近那团黑色。那是黑猫空空轻飘的皮囊，一只无骨无肉的猫，干瘪、无法触碰。旋风将它在路上打转，挤压，撕裂，就像海滩上被狂风吹刮的一张报纸。狂风宛如伸出无数条线撕扯着高处的草，发出呜呜之声。黑猫的幽灵夸张地从地面一跃而起，随即又歪歪斜斜地跌落。一阵狂风把猫儿贴到一堵树篱上，然后又把它摘下，仿佛用一根线牵扯着一个皮偶。猫儿忽然又跳到路堤上方，因为小路有个急转弯，它一头蹿进路边的田里，在片片点点的绿色庄稼里，如一只醉酒的黑乌鸦，触电般地跳跃飞腾。却空之又空，如干草，如太阳下被遗忘的旧麦秸。

八

3 月 30 日

雅克莫尔一个大步跳到路上，猛吸几口清新空气。他辨别出多种新的气味，这些气味唤起他一些难以名状的记忆。一个星期来，他照单全收了黑猫的全部精髓，惊奇不断，费力地学习如何应付这个情感强烈的复杂世界。说他继承了一种全新的行为模式，并不正确：他的行为习惯、基本的反射早已根深蒂固，与这只猫的接触并不能让他改变多少，微弱的接触强度也解释了他的收效甚微。现在他嘲笑自己曾试图让人相信（也是为了让自己相信）他需要用双脚挠耳朵，或双手弯曲垫在下巴下趴着睡觉；不过他仍保留了猫整体的欲望和感受，甚至思想，只是感受得并不深刻，这些对他也不怎么有吸引力。比如说缬草：他能感觉到几米外的灌木丛里就长着缬草，然而他却毫不犹豫地反身，走向与村子相背的、通向峭壁的小路。他想到的一个绝妙主意引领他前进。

他来到崖壁边缘，没费什么劲就发现了一条可能由掉落的碎石砸出的依稀可辨的小路。他毫不迟疑地走向小路，背对深渊，四肢并用往下爬。脚下有石子滚落时，他还是有些心惊肉跳，但毫无疑问，他的行进中有一种前所未有的灵巧和坚定。不一会儿，他就下到悬崖的谷底，底下的海岸露出一圈鹅卵石，像一条狭窄的飘带，四周是斧劈刀削般的岩石深深插入水底。雅克莫尔灵巧一跃，跳上一块贴近水面的石头，找了个可以落脚的地方，挽起袖子蹲下，用僵直的手指撩拨水面。

过了十来秒，一条黄色小鱼从绿色水草下探出脑袋，在绿色水面的背景下很难被发现，但雅克莫尔看见了它扇动的优雅鱼鳍，心中一阵狂喜。

他突然伸出手，一把抓住那条鱼，放到鼻尖下嗅着，真是好闻。

他舔了舔嘴唇，张大嘴巴，毫不迟疑地嚼起还在扭动的鱼头。

真是美味，这水域里多的是鱼。

九

4 月 16 日

安热尔在工作台上放下铆锤和一些物件，用袖口擦擦额头的汗。他刚钉完右舷的船壳板，红色铜钉在弯曲的船板上排出一条漂亮直线。船已经成形了，停在面朝大海的橡木船坞里，橡木板搭建的轨道一直通到悬崖下方。

三个孩子就在附近，在角落里堆放的一堆木屑和刨花中玩耍。他们长得实在太快，现在都会走路，穿着他们的小铁靴。只有西特罗昂的脚晚上还会出点血，乔埃尔和诺埃尔要皮实得多，脚上已长出一层茧子。

安热尔有些吃惊，时间已到，可女仆还没过来，孩子们该吃饭了。他突然想起女仆今天出门了，于是叹了口气看看手表。确实，克莱芒蒂娜现在很少忘记给孩子们吃饭。所以，每当他对她有任何不满，她总用一种令人气愤的蛮横无理回答他。而看到孩子们站立在母亲身边，略带讥讽地看着他时，安热尔很是不安。

他看着他们，视线与西特罗昂的黑眼睛相遇，竟有些慌乱。他带着一点气恼心想，他们也是自作自受，他自己虽然很想去宠溺他们，亲吻他们，但他们从未这样恳求过他。

他们喜欢别人摧残他们，安热尔苦涩地想。

不过他还是朝他们走去。

“来吃东西吧，小宝贝们。”他说。

乔埃尔和诺埃尔抬起头，嘟囔。

“我要芒蒂娜。”乔埃尔说。

“芒蒂娜。”诺埃尔跟腔。

“克莱芒蒂娜不在。来吧，我们去找她。”安热尔说。

西特罗昂威严地走在前面。安热尔伸手去牵两个双胞胎，但他们不去抓他的手，而是摇摇晃晃踏过木屑和刨花堆，去追赶他们的弟弟。安热尔有些酸涩和恼怒，但还是远远地跟在后头，因为花园的陡坡埋藏了很多危险。尽管心头不悦，他也不愿看到他们遭遇不测。

他与他们前后脚来到屋门口，他把他们拽进屋里。诺埃尔尖着嗓子喊妈妈，乔埃尔附和着。

“行了。”安热尔厉声说。

他们吃惊地闭上了嘴。

“我们去厨房。”

他很惊讶没找到任何准备好的吃食，她至少可以把点心准备好吧。他笨拙地把他们安顿好，拿出牛奶和面包片。他们大声吃东西时他朝门外走去，差一点撞到雅克莫尔身上。

“你没有看见克莱芒蒂娜？”他问。

心理医生像猫一样用手挠挠耳朵。

“呃……”他含混不清道。

“别再装猫的样子了，”安热尔说，“你不见得比我好到哪里。告诉我，我老婆去哪了？”

“我不知道，”雅克莫尔说，“不过刚才我不经意走过餐厅时，她在那里。”

“怎么回事？”安热尔埋怨道。

他丢下雅克莫尔气冲冲地走了，另一个跟在他身后。安热尔是把自己对孩子的无能为力转换成一种怒气，这是显而易见的，但雅克莫尔不去点破他。

安热尔酝酿着说句狠话，他很少失去控制，每次也总是因为孩子而发火，他应该更多关注他们。他很烦躁，心跳加快，她把别人当傻瓜。

他猛地推开门，却呆在了原地。克莱芒蒂娜横躺在餐厅饭桌上，裤子褪到膝盖，正喘着粗气扭动身子，灵魂出窍。她搁在一边的手，收缩着，痉挛着。她贴着桌面的腰背波浪形起伏、抖动着。她双腿微微张开，嘴里发出阵阵轻微的呻吟。安热尔站了一会儿，目瞪口呆，随即退了出来。渐渐涨红了脸。他关上门快步来到花园，雅克莫尔正站在台阶上，看见他消失在小路拐弯处。他回过神，继续走到厨房。

“怎么回事……”他嘀咕着。

他三下两下收拾好小家伙们留下的烂摊子。他们吃饱喝足了，在那里快活地叽叽嘎嘎。雅克莫尔替他们擦干净脸，把他们推到门外。

“去和爸爸玩……”他说。

“我要……芒蒂娜……”乔埃尔说。

“芒蒂娜……”诺埃尔说。

西特罗昂什么也不说，朝车库方向走去，哥哥们跟在他后边。雅克莫尔皱着眉头等了一会儿，犹豫片刻，转身去餐厅。

克莱芒蒂娜现在是趴在桌上，继续着她的淫秽动作。心理医生深吸一口屋子里的气息，然后不情愿地离开，回到自己房间。他躺在床上，不太自信地试着学猫的呼噜声，最后不得不承认，很难让自己满意。实际上，他几星期前分析过的那只黑猫到底会不会猫颤？然后他又开始思考一个有意思的主题：克莱芒蒂娜。也许他刚才应该碰她一下，他又嗅了嗅手指，手上仍然残留着女仆的气味，但那是昨天留下的，已不那么真切。虽然他躺在床上很舒坦，但楼下那个女人肯定还在扭动着。他从床上坐起来，起身下楼，在餐厅门前站了一会儿，竖起耳朵，不再有响动，于是推门进去。

克莱芒蒂娜半裸着身子睡着了，至少是停止了扭动，在休息，脸贴着桌面，臀部外露。雅克莫尔闻到了气息，凑上前。她听到响动后动了一下，撑起身子。雅克莫尔站住不动。

“对不起，我以为你在喊人。”他说。

她眼神迷离。

“我在这张桌子上做什么？”她问。

“唔……我不知道，”雅克莫尔搪塞道，“可能你太热了。”

她发现自己衣衫凌乱。

“我做了个梦。”她开口道。

而后她像安热尔刚才那样，脸红到耳根。

“我是不是……”她继续道。

她坐起来并不急于遮盖自己露出的大腿。

“反正，”她喃喃道，“你早就看到过我的样子。”

雅克莫尔一时语塞，说不出一句话。

“我猜想我刚才有点胡乱的动作吧。”她边穿衣服边说。

“恐怕是的……”

“唉，”克莱芒蒂娜说，“我也不知道怎么回事，我本来要去给孩子们准备午后点心，然后……我就在这里了。”

她摸摸脑袋。

“我只记得跌倒在这张桌子上，头上还撞了个包。”

“某个女妖附体了……”雅克莫尔说。

她系上裤子，理了理头发。

“好吧，没什么！有时会碰上，”她总结道，“不过我会很快忘掉这事，现在我要去给他们准备点心。”

“他们已经吃过了。”雅克莫尔指出道。

克莱芒蒂娜的脸一下子拉下来。

“谁给他们吃的点心？”

“你丈夫，”雅克莫尔说，“然后是我给他们擦干净了大花脸。”

“安热尔来过这里了？”

“是的。”雅克莫尔淡淡地说。

她抢在他前面，急匆匆朝花园走去。在小路转弯处，几乎小跑起来。雅克莫尔苦思着走上楼。他思故他在，但只有他自己。

十

安热尔用铆锤钉另一侧的船舷。他正从里面往外敲钉子时，克莱芒蒂娜过来了，因走得太急而涨红了脸。双胞胎看到她，高兴地欢呼起来，西特罗昂过来抓住她的手。安热尔抬头看到这一切，心头一紧。

“谁给他们吃的午后点心？”克莱芒蒂娜问。

“我。”安热尔生硬地回答。

他的语调让她吃了一惊。

“你有什么权利？”

“够了！”安热尔粗暴地打断她。

“我问你，你有什么权利给他们吃点心，这些孩子，早说过的不用你管？”

她还没来得及闭上嘴，脸上就重重地挨了几巴掌。震惊之下她一个踉跄。而安热尔，脸色苍白得像一张白纸，气得发抖。

“够了！”他吼道。

见她用手捂着挨打的脸颊，他冷静了一点。

“我很抱歉，”他终于说道，“但是你太过分了。”

孩子们开始大哭，西特罗昂弯腰捡起一枚钉子，凑近安热尔，用尽他小小的力气扎到安热尔小腿上。安热尔没有动。克莱芒蒂娜开始大笑，带着哭腔的笑。

“够了！”安热尔厉声重复道。

她停止笑。

“实际上，”他继续道，“我不后悔打你，我是后悔没有早点打你。”

克莱芒蒂娜摇摇头走了，三个孩子跟在她身后。西特罗昂时不时回过头，恶狠狠地瞪他父亲一眼。安热尔陷入沉思，回想刚才发生的一幕，心绪难平，苦涩不堪。随即他老婆躺在餐厅饭桌上的场景又浮现脑海，禁不住脸上发烫。他知道他不会再回家，工场间有足够的木屑和刨花，完全可以在温暖的夜里舒舒服服睡一觉。他感觉左小腿有些发痒，弯下腰拔出那枚钉子，一枚金色的小细钉，在他暗绿色的粗麻布裤子上留下一个臭虫大小的褐色斑点，让人发笑。可怜的小屁孩。

十一

5 月 20 日

自从安热尔搬到工地去住以后，雅克莫尔也很少待在家里。克莱芒蒂娜在的时候，他感觉不自在，她母性太强烈，和自己完全不在同一个世界。倒并非他觉得有何不妥，他用不着撒谎，因为早已放空自己，也就没什么伦理上的考量。他感到的是一种生理上的不适。

他在花园一个角落躺下，那里长满芙叶贝檀（fouille-pétrin）[①]，给他隐秘的行为带来勇气和决心。他心不在焉地嚼着几根多棱角的花茎，他在等居勒布朗，她应该会来找他，一起度过无聊一天中最后的时光。想到有聊无聊，他不禁用手扯了扯裤裆。像是种约定俗成，精神分析最后总是在阳物上收场。

他听到砾石小路上的嘎吱声，坐起身。矮胖笨拙的女仆穿着呆板的短上衣，摇摇摆摆走来，坐在他身边。

“干完活了？”他问。

“干完了，”她叹了口气，“孩子们睡觉了。”

她已经开始解裙子，但雅克莫尔阻止了她。

“如果我们聊聊天呢？”他建议道。

---

① 维昂虚构的一种植物名称。

“我可不是为聊天来的，”她提醒道，“我挺想要那个，但是不想聊天。”

“我只问你一件事。”他说。

她扯掉衣服坐到草地上，在这个花园隐秘的一角，他们就像在一个盒子里，完全不用担心被人撞见，不管是安热尔还是克莱芒蒂娜都不会过来。雅克莫尔让她等着，自己也开始脱衣服。她避免直视他，他们光着身子在草地上，显得有些可笑。她趴到地上，四肢跪地。

“我等你进来。”她说。

“妈的，”雅克莫尔抱怨，“首先，我受够了这个可笑的姿势。”

“来吧。”她说。

“无法忍受。”他说。

他猛然扑过去，让她失去平衡，她还没来得及重新跪起来，他就把她仰面紧紧压在地上。她愤怒地挣扎着。

“不，”她喊道，“不要这样！色鬼。”

雅克莫尔死死压住她。

“我很想放开你，”他说，“但你得先告诉我为什么你不愿意其他姿势。”

“我就是不愿意。”她挣扎道。

他压得更紧，只要他愿意，他就可以在这个位置上她。

“如果你不说，我就这样上你。”

这下她大哭起来，急急巴巴地说：

“不……滚开，我不要这样。你太恶心了。”

“你他妈的疯了！”雅克莫尔怒道。

“我不想告诉你。”她说。

“你会开口的。”雅克莫尔说。

他低下头，咬住她一块乳房。

“如果你不说，我就咬下这块肉。”他嘴里塞着乳头，含混不清地说。

他很想笑，结果下体的力道就减了三分，于是他不得不咬得更重一点，她大叫，流下眼泪。他毫不心软，趁机咬得更狠。

“我告诉你，”她颤抖着说，“但是你先放开我，马上放开。”

“你把什么都告诉我？”雅克莫尔问。

“我保证，”她说，“放开我……噢……”

雅克莫尔放开她，喘着气退到一边，按住她可是件费劲的事。她坐起身。

“说吧，”雅克莫尔厉声道，“不然的话，我重新开始。你为什么要那样做？到底什么意思？”

“我一直是那样做的。”她说。

“从什么时候？”

“从一开始。”

“你第一次是和谁做的？”

“和我爸。”

“为什么用那个姿势做？”

“他说他不能看着我，他不敢。”

“他感到羞耻？”

“我们这里不懂什么是羞耻。”她冷冷地说。

她双手捧着乳房，但仍然翘着叉开的双腿。是个廉耻问题，雅克莫尔心想。

“你当时多大年纪？”

“十二岁。”

“我明白了他为什么不敢看你。”

“不，你不明白，”她说，“他不想看我因为他说我太丑了。因为是我爸爸这么说，那他肯定有道理。现在，你让我违抗了父亲的话，我成了一个坏女儿。”

“那你喜欢那样做吗？”

“什么？”

“喜欢像你以前做的那样做吗？”

“这，这不是问题，”她说，“你到底还想不想做啊？”

“不想一直这个样子做，”雅克莫尔说，“再好的东西也有厌倦的时候。”

“那，你和那些牲口差不多。”她说。

她站起来去找裙子。

“你想干吗？”

“我走了，我对自己感到羞耻。”

“你是无辜的。”雅克莫尔安慰道。

“不，我不该这么做，一开始就不该。”她说。

“如果你对我多说一点事情，”雅克莫尔说，“也许我能帮你克服一些障碍，但你几乎不说话。”

“太太关照过我的，”女仆低声嘟哝，“我再也不想见到你了。”

“那就随你便，”心理医生冷冷地说，“我会习惯的。”

“我什么都不会告诉你的，我才不会满足你那些肮脏的癖好。”

雅克莫尔冷笑一声，开始穿衣服。他从没奢望过能严肃分析这个可怜的女孩。他能找到更好的对象。他套上鞋子站起来。她还在抽泣。

“滚吧。”他平静地说。

她抽泣着顺从地走了，她应该恨死他了。他微笑着心想，从某种角度，这也算是一次成功的精神分析。

他随即机敏地一跃，抓住一只迟飞的蝴蝶，吞进嘴里，心满意足。

十二

7 月 13 日

房子的台阶前有一片平整的砾石地，三个孩子喜欢吃完了饭在那里玩，等着女仆来带他们去睡午觉，而她现在正忙着伺候家里的大人。从餐厅的窗户可以看到他们，雅克莫尔临窗坐着，监护孩子的任务落在他头上。坐在他对面的克莱芒蒂娜正用手指徒劳地捻着一些干面包屑。除了吃饭，他们几乎很少碰面。她看上去很乐意让他在家里继续住下去，但界限分明，通常只在一些无关紧要的小事上有接触。而他呢，也几乎不敢触及私人问题。

居勒布朗黑着脸默默把一个托盘放到雅克莫尔面前，雅克莫尔看到后礼貌地说：

“你先用吧，克莱芒蒂娜。”

“这是给你的，”她说，“是专门为你准备的一份美食。”

“哇，是肺片！”他高兴地说。

“是的。”克莱芒蒂娜说。

“我倒是更喜欢吃生的，”雅克莫尔评价道，“但你这份心意真是太贴心了……克莱芒蒂娜，你就是个天使。”

“我很喜欢你，”她说，“不管怎么样，我受不了见你吃生东西。”

“我明白，”雅克莫尔边说边吃了一大份食物，“说说肺片吧！它比地球上所有老鼠和鸟类都好吃。”

“我很高兴你这么喜欢吃。”她说。

“鸟，”雅克莫尔评价道，“当然不错，但羽毛太讨厌！……”

“那倒是，”克莱芒蒂娜同意，“这就是硬币的另一面。那老鼠呢？”

“纯粹为了尝尝，”雅克莫尔说，“不好吃。”

“总之，”她说，“这拓展了你的食谱，这是令人高兴的。你最近在给谁做分析呢？”

“你，”雅克莫尔说道，“你很友善，因为你知道你的女仆抛下了我……”

“是的，”她说，“我承认这让我很高兴。你在村子里找到什么了吗？我觉得你似乎经常去？”

“哦，”雅克莫尔说，“没什么有意思的人，你知道，我经常去看拉格罗伊。”

“我说的是女人。”克莱芒蒂娜说。

“我没怎么找，”雅克莫尔说，“你知道那只猫阉过吗？我不信，不过这对我影响不大。”

他在撒谎。

“我知道你在找女人。”克莱芒蒂娜说。

雅克莫尔看着三个孩子，他们一个紧跟着另一个打圈圈，直到转得跌跌撞撞。

“说点别的吧。”他说。

“你有没有翻过我的衣橱？”她突然问道。

雅克莫尔很吃惊，困惑地问：

“什么？”

“你听到我刚才的话。”

“没有，”他回答，“那不是我，我到你衣橱里去找什么呢？我又不缺衣服。”

“哦！……没什么要紧的，也许我搞错了。我时不时地觉得有人动过所有东西。当然没有任何理由这会是你。”

他用下巴示意背对着他们的女仆。

“噢！不，”克莱芒蒂娜说，“肯定不是她。再说，她把那些衣服藏起来又有什么用？不过我无所谓，我从来不穿它们，几乎不穿。”

十三

7 月 24 日

“成了。”安热尔站起身说。

他刚刚把在船坞上固定船体的木锲锯掉一半，完工了。一条十米长的木船，船头像腓尼基人的双刃短剑一样翘起，配有一根轻巧的桅杆，用闪亮的铜钉固定在船体。船尾甲板上，目前还只有甲板舱的凸起部分高高隆起。雅克莫尔俯身看船身，一字排开的十一对支架支撑着船体。

“进展很快呀。”他说。

“是不慢。”安热尔回答。

“对一个业余爱好者来说，你对付得实在太好了。”雅克莫尔继续说道。

“我不是个业余爱好者。”安热尔回答。

“哦，这样，”雅克莫尔接口道，“那对一个职业造船人来说，造得太好了。”

“我不是职业造船的。”安热尔回答。

“那你到底是什么？”雅克莫尔有些不快地问。

“你别又打破砂锅问到底，这真是个可悲的怪癖。”

雅克莫尔原本该很生气，只是他天生不爱生气。对这个靠一条不靠谱的船，即将长久远行的男人，雅克莫尔想着要说点什么，尽管这船有十一对支架。

“你和你老婆还是老样子？”

“是的，”安热尔说，“这是个……”

他停了一下。

“没什么大不了的，我没什么要说的。女人和男人生活在不同的世界，我没什么要遗憾的。”

“对你的孩子也没有遗憾？”

“幸亏，”安热尔说，“我还没来得及了解他们，我就不会痛苦。”

“他们会想你的。”雅克莫尔肯定道。

“我知道，”安热尔说，“人总是会想念点什么，还不如想念点重要的东西。”

“孩子在没有父亲的情况下长大……”雅克莫尔继续道。

“听着，”安热尔说，“没必要再纠缠这个问题，我想离开，想离开，就这样。”

“你会被淹死的。”雅克莫尔说。

“我没那么好运气。”

“你不过就是个稀松平常的人。”雅克莫尔带着蔑视说。

“非常稀松平常。”安热尔说。

“我不知道对你说什么好。”

“显而易见，”安热尔挖苦道，“现在轮到我提问题了，你的那些伟大计划怎么样了？”

“毫无进展，”雅克莫尔说，“迄今为止，我只分析了一只猫，就这些。我还试了一只狗，但先前的那只猫表示了强烈不满，我只好放弃。再说，我想分析的是一个男人或女人，总之是个人。”

“最近你勾搭上谁了？”

“我想通过布店女老板，认识一下马蹄铁匠家的女仆。”

“你现在去布店女老板家？”

“没有，我不知道，或者说是女裁缝。对了，很有意思，你老婆所有的裙子都是她做的，对吧？”

“从来没有，”安热尔说，“克莱芒蒂娜所有东西都是自己带来的，她从不去村里。”

“那她错了，”雅克莫尔说，“去村里会很有收获。”

“得了，”安热尔嘲笑道，“那些人，他们会让你发疯的。”

“确实，但这个很有意义。反正……嗯……怎么说呢……很奇怪，女裁缝有你老婆所有裙子的式样，我在这里见她穿过的所有式样。”

“噢？”安热尔无动于衷地应付着。

他看看船。

“我得走了，”他说，“你愿意和我一起试试吗？”

“你不能就这么走了，老天爷……”雅克莫尔绝望地说。

“当然要走，不是今天走，但我会走的。”

安热尔走近锯好一半的支架，抬起胳膊，狠狠击了一拳。木块被打断发出响亮的咔嚓声，船体摇晃一下后开始下滑。橡木轨道上涂着油脂，穿过花园和陡峭的山坡，一直通到海里。船箭一样飞速下滑，沉入水中不见了，在一股油脂的气味中，溅起一片巨大的水花。

“船应该在那了，”安热尔等了二十秒后说，“我们去走一圈，看看到底行不行。”

“你太疯狂了吧，”雅克莫尔说，“把一个东西从这么高的地方推下去！”

“这很好啊，”安热尔保证道，“越高越壮观。”

他们往下走，比船走得慢，斜坡很陡。天气晴朗，悬崖上充斥着植物的气味和嗡嗡作响的昆虫。安热尔亲热地揽着雅克莫尔的肩，心理医生有些站立不稳。他很喜欢安热尔，心中有些担忧。

“你会很小心的吧？”他问。

“当然了。”

“你有吃的东西吗？”

“我有淡水和钓鱼线。”

“没别的了吗？”

“我可以钓鱼吃，有大海，一切就足够了。”

“噢，你有大海，你的恋母情结。”[①]雅克莫尔咆哮道。

“别那么粗鲁，”安热尔说，“我知道回归母亲，回归大海，相同的路数。还是去分析你的那些蠢货吧。关于母亲，我有我的选择。”

“因为这一位母亲只是你老婆，”雅克莫尔说，“但是你母亲，你在怀念她。”

“不。再说了，我没有母亲。”

他们在深谷边缘都闭上了嘴。安热尔首先下行，在一个小凹坎立住脚。现在可以看到那条船了，就在他们脚下。雅克莫尔看到那些木轨道从山顶落下来后，几乎是垂直地插入水中。考虑到下冲时的速度，可以推断船现在离岸边至少有三百米，他说出自己的担忧。

“有一根缆绳牵着的。”安热尔说。

“好吧。”雅克莫尔似懂非懂地点点头。

鹅卵石的海滩上，响着他们的脚步声。安热尔灵巧地抓住一根有弹性的绳子一端，船被慢慢拖到岸边。

“上船吧。”安热尔说。

雅克莫尔顺从地上船，船摇晃了几下。到了船上，发现它比看上去更宽敞。安热尔也跳上船钻入甲板舱。

---

① 法语的大海（la mer）和母亲（la mère）读音一样。

“我把桅杆升起来，我们出发。”他说。

“不是真的出发吧？”雅克莫尔担心了。

安热尔探出头。

“不用害怕，”他微笑着说，“我还没完全准备好呢，至少还要等八天。今天只是小试一下。”

十四

6-7 月 27 日[①]

通往村子的这条路，雅克莫尔已经不知道走过多少次，乏味得像一条避难走廊，光秃秃像被刮光了胡子。一条路，像直线一样简单的路，没有厚度，这不存在。这条路上有近路可抄，双脚知道，脚步已迈开（是脚步的 pas，不是否定句的 pas[②]）。他思路有点乱，颠三倒四，这还不够，还要加上一些词语和逻辑的累赘，来走完这条路。路上，不寻烦恼，一心一意，每次他都能坚持到底。他还唱道：

出发的欢呼
拿撒勒的台烛
发泡的房间[③]

这些熟悉的歌，未来的歌，可怜的雅克莫尔即使再笨，也不会对号入座。他来到村口，因为那里地势更高，村子就像一道沉重的罩子

① 原文 juinet 是维昂生造的一个词，把六月（juin）和七月（juillet）合并在一起，是臆想中的时间。以后各章相同。

② 法语中“脚步”与表示否定的“不”拼法相同，都是 pas，故原作者在此特别说明。

③ 这一段歌词没有实质性的意思，完全是发音的关系，作者从音乐性的角度把这些词语罗列在一起。转换中文便丧失了这种音乐的节奏感。

掉在他头上罩住他。现在终于来到了值得称赞的女裁缝（他认为）家。他“笃，笃”敲两下门。

“进来！”

雅克莫尔进去。像村里所有的房子一样，里面有些阴暗。一些杂物在屋子深处泛着幽暗的光。暗红色的地砖已磨旧，地上散落着线头、碎布、给母鸡的粮食颗粒，给公鸡的血粒和给编织爱好者的针脚①。

老太婆裁缝可真老，正在缝一条裙子。

“瞧瞧。”雅克莫尔心想。

“你在替克莱芒蒂娜做衣服？”他问。为了让自己心情平静，只需要提一些问题来保护心脏的清洁，这是个被保护得很好也容易保养的器官。

“不是。”她回答。

这时雅克莫尔看见了马蹄铁匠。

“你好！”雅克莫尔热情招呼道。

他从角落里出来，他一直那么引人注目，但在阴暗中尤其如此，因为身影是模糊的，而且被放大。

“你来做什么？”他问。

“我来看看这位女士。”

“这里没你什么事。”铁匠断然道。

“我想知道这里有什么名堂，”雅克莫尔说，“这些裙子的式样和克莱芒蒂娜的一模一样，这让我很困惑。”

“你真是吃饱了撑的，”铁匠说，“这些裙子又没有专利，谁都可以做。”

---

① 作者在这里把一些不同的物品罗列在一起，原文中每一个物品词语的背后立刻会让人想到另一个词语，是一种对于读者潜意识的唤醒。但一经转换成中文，就丧失了这种功效。

“她不该这样抄袭所有裙子吧，这挺下流的。”雅克莫尔严肃地说。

“你说话注意点。”铁匠警告道。

他的手臂可真粗，雅克莫尔摸摸下巴，看了一眼下垂的天花板，上面的粘胶纸粘满了死苍蝇。

“总之，她倒锲而不舍。”雅克莫尔说。

“是我定做的，”铁匠带着威胁的口吻冷冷道，“我付钱。”

“是吗？给你年轻老婆定做的？”雅克莫尔庸俗地问道。

“我没老婆。”

“唔，唔……”雅克莫尔支吾着扯开话题说，“那，她是根据哪个模板拷贝的呢？”

“她没有拷贝模板，”铁匠说，“她看见，她做她看见的。”

“哦，哦……”雅克莫尔揶揄道，“你糊弄人很有一套啊！”

“我，马蹄铁匠，不糊弄任何人。”

就在这时，雅克莫尔才发现裁缝老太婆的眼睛是画在合着的眼皮上的，铁匠顺着他的目光说：

“画假眼睛，是为了不让路过的人发现，”他说，“如果你不进屋子，你什么都不会发现。”

“我可是敲过门的。”雅克莫尔说。

“是，”铁匠解释道，“因为她看不见，所以她说‘请进’，其实并没发现是你。”

“但她还是说了‘请进’呀。”

“什么，她教养倒很好，这个老婊子。”马蹄铁匠说。

这时老裁缝正在缝裙子腰带上的一道褶饰，那是条漂亮简洁的白色提花连衣裙，克莱芒蒂娜昨天晚上刚刚穿过同样的裙子。

“她真的可以闭着眼睛干活？”雅克莫尔又惊讶又赞叹地追问，仿佛是为了说服自己相信。

“说闭着眼睛是不对的，”铁匠反驳道，“没有闭着的眼睛，因为人们在眼睛前放了一道眼皮，眼皮底下的眼睛是睁着的。如果你把一块石头滚到一扇开着的门里，门不会为此关上，窗户也不会关上。因为要看得远，用的并不是眼睛。所以，你根本就没搞懂。”

“好吧，”雅克莫尔叹了口气，“如果你以为你那些莫名其妙的话可以说服我就太自以为是了。”

“我就是自以为是，”铁匠说，“尤其对你。现在让这个老女人好好干活，别再来烦我们。”

“行，行……”雅克莫尔说，“我这就走。”

“滚吧。”铁匠说。

“再见，雅克莫尔先生。”老裁缝说。

她像剪刀留在磨刀人那里的帕尔卡女神那样，用牙齿咬断线头。

雅克莫尔气恼地走出门外，为挣回面子最后回敬了一句：

“我要去睡你的女仆。”

“再好不过了，”铁匠说，“我在你之前已经睡过她了，这有什么了不起的，她不动屁股。”

“我要她加倍动，”雅克莫尔保证道，“我还要对她做精神分析。”

他自豪地回到路上，三头猪迈着小步呼哧呼哧走过。他朝最后一头看上去有点顽劣的小猪踢了一脚，然后继续上路。

十五

6–7 月 27 日（略晚些）

马蹄铁匠的女仆，人称红鼻子①。她和小学徒一起住在铁匠铺的阁楼上。小学徒常常累得筋疲力尽，女仆的活虽然也不轻，倒还能撑得住，尤其自从铁匠减少了钻到她床上的次数，不再那么饥渴难耐之后。至于小学徒，提都不用提，累成那样，就像一块软塌塌的抹布，根本没法睡她，他自己睡都来不及。眼下他不在房间，在铺子里照看着炉火。雅克莫尔来到铺子时看到了他。尽管红鼻子打扫过，铁匠铺还是被烟熏得脏兮兮。

“你好，小学徒。”雅克莫尔招呼道。

小学徒嘟囔着回应，一边却用手臂挡住脑袋。因为那些进出的顾客都会在他脑袋上猛敲两下，这似乎成了他们一种快活的习俗。小学徒打完一块铁片后正要放回去。

“你老板不在吧？”雅克莫尔主动问道。

“不在。”学徒答道。

“那好吧！我走了。”雅克莫尔说。

他出来左拐，绕到房子后院，从靠墙的木楼梯上楼，楼梯连着粗

① 原文 Nëzrouge 是维昂用 Nez（鼻子）和 rouge（红）两个并在一起变异而来。

木地板走廊。走廊右侧斜屋顶下，就是红鼻子的房间。往前是一扇高门，那是老板的住处。左侧是老板房间的另一堵墙，这个房间占了这一层的四分之三，右侧墙壁隔着的就是红鼻子的房间。整个楼层布局简单而实用。

雅克莫尔没敲门就进去了。那姑娘坐在床上，正在看一张七年前的报纸。新闻需要很长时间才能传到村子里。

“怎么，学文化呢？”心理医生说。

他装出一副天真善良的神情，像粪水泵的罩子那样自然。

“我也有权利看报纸的吧。”红鼻子不客气地回敬道。

这些农民可真难对付，雅克莫尔心想。

红鼻子的房间看起来不怎么舒适，磨旧的地板，光秃秃的石灰墙，呈人字形的横梁承受着屋顶石板瓦的重量。一切都是灰蒙蒙的。家具有床和桌子，桌上放了一桶水，盥洗就全靠它。墙角摆着一口箱子，存放她有限的几样东西，女孩子的用品。

这种苦行僧似的简陋刺激着雅克莫尔喜好粗野肉体的世俗淫荡冲动，这真值得他好好琢磨一番。

他在嘎吱作响的铁床上坐下，坐到她身边……因为没别的地方可坐。

“最近，你都做了哪些有意思的事？”他问。

“呃，什么都没有做。”她答。

她继续看报，看完后叠好报纸放到枕头下。

“把衣服脱了，在床上躺下。”雅克莫尔说。

“哦，麻烦，”姑娘说，“如果老板回来，我还得重新穿上衣服去做汤。”

“不会这个时候回来的，”雅克莫尔说，“他不在，他去女裁缝那里了。”

“那他肯定就要回来了。”她说。她想了想又加了一句：

“不过我们倒可以不受打搅。”

“为什么？”雅克莫尔问。

“因为一直这样，只要他从那里回来。”姑娘说，“你为什么叫我脱衣服？”

“这是有效精神分析最基本的前提……”雅克莫尔借口说。

她脸红了，双手抓紧着衣领角。

“噢！……”她垂下眼睛说，“我老板都没敢和我这么做呢。”

雅克莫尔皱皱眉头，她理解成什么了？可是怎么对她说明白呢？

“唔……”她喃喃道，“我不知道做这个我够不够干净，你大概不会喜欢的……”

雅克莫尔预感到……解释清楚会有点费劲。

“精神分析就是……”他开始道。

“等等……”她嘀咕了一下，“现在不要。”

老虎天窗透进的日光照亮了房间。她起身到箱子里找出一块旧窗帘，钉在那个四方的小窗口上。光线透过蓝色布料照进来，在斜屋顶的房间便有了一种身处洞穴的感觉。

“床会摇晃的，”雅克莫尔说，决定把精神分析先扔在一边，“我们可以把你的床垫子放到地上。”

“好……”她兴奋地说。

他能嗅到她的汗味充斥着房间，她肯定湿透了，那样会很舒服。

十六

6–7 月 27 日（更晚些时候）

木楼梯上响起沉重的脚步声，把他们从沉迷中惊醒。雅克莫尔立刻反应过来，放开那姑娘，她一半身体趴在垫子上，一半在地上。

“是他……”雅克莫尔喘着气说。

“他不会来这里的，”她低声道，“他去自己房间。”

她扭动身体。

“不做了，”雅克莫尔抗议道，“我不行了。”

她顺从。

“你还会再来给我做这个……分析吗？”她嘶哑着嗓子说，“我挺喜欢，挺舒服的。”

“是的。”雅克莫尔说，却不再兴奋。

至少得等上十分钟，欲望才能恢复吧。女人们一点分寸都没有。

老板的脚步声越来越近，走廊微微颤动。他房间的门吱呀一声打开又关上。雅克莫尔跪在地上竖起耳朵，四肢着地悄悄爬到墙根。突然一束细微的光线照到他眼睛里，隔板上肯定脱落了某个木块。他用手摸去，马上找到了木板上的小孔，略微迟疑后贴上眼睛，但立刻又缩回。因为他感觉自己也会被看个一清二楚，不过他很快镇定下来，重新扒孔窥视。

马蹄铁匠的床就在下方，一张古怪的矮床，没有床罩。除了这地方常见的红色鸭绒被，一张床垫和平整的床单，就是全部。

雅克莫尔扫了一眼房间的其他地方，他先是看到铁匠光着的后背，他似乎正专注于一件很精细的工作，但看不清他的双手。然后见他的双手举起，做了个拍拍某人的动作，接着双手回到自己的裤带，解开搭扣，裤子褪下，露出十分粗壮的大腿，粗糙不平的皮肤和浓密的汗毛让他的腿看上去像一截棕榈树树干。他穿一条肮脏的棉布衬裤，也被褪到脚踝。雅克莫尔似乎听见他在低声说着什么，但他无法兼顾到眼睛和耳朵。

铁匠把脚从衬裤和长裤裤腿里挪出，甩着手转身朝床铺走去并坐了下来。见他走近，雅克莫尔不由自主地又往后一仰。不过他很快又把眼睛贴到小孔上，即使感觉红鼻子在身后靠过来，他也没动弹一下，心想如果她来烦自己，就朝她屁股上踹一脚。接下来他什么都顾不上想了，因为他的心跳几乎停滞。现在他终于看清刚才被铁匠挡住的东西，那是一个穿白色提花连衣裙，用铜和钢打造的精美机器人，雕琢成克莱芒蒂娜的模样，迈着不真实的步子朝矮床走去。雅克莫尔视野外的那盏灯，照到机器人身上，勾勒出她精致的轮廓，带着金属光泽的双手竟有一种绸缎般的质感，如一件无价的珍宝。

机器人停下脚步，雅克莫尔见铁匠早已急不可待。机器人用灵巧的双手熟练地从领口一下子扯下裙子。

白色织物滑落到地板上，雅克莫尔看得入迷，目不转睛地盯着机器人乳房柔软的皮肤，富有弹性的腰肢和灵巧的膝关节、肩关节。机器人在床上缓缓躺下，雅克莫尔往后退了一步，正好撞到从他身后贴上来的女仆，她还想跟雅克莫尔重温战事，而他却恼火地去找他的长裤，他的手表留在裤子口袋里。就着老虎天窗的微弱光线，他看到：四点三刻。

自从那天他在餐厅撞见克莱芒蒂娜后，每天下午四点半，克莱芒蒂娜都要把自己关在卧室里说是要睡午觉。就在机器人的胯部让铁匠欲仙欲死的同时，克莱芒蒂娜，在自己房间里，双手紧紧抓着床单，喘着粗气，如痴如醉。

雅克莫尔再次靠近那个小孔，越来越兴奋，贪婪地看着。他的手同时在红鼻子身上游走，她一点都不知道发生了什么，但却很享受。显然，那些农民倒是很开化，雅克莫尔看着铁匠心想。

十七

6–7 月 39 日

雅克莫尔双脚浸在水里，裤管卷起，手里拎着鞋子，呆呆地注视着那条船。他在等安热尔，船也在等。安热尔终于从悬崖后出现，带着毯子和最后一桶淡水。他身穿出海的黄色半透明油布上衣，快速穿过卵石滩的小海湾来到雅克莫尔身边。雅克莫尔却心情沉重。

“别这样拎着鞋子哭丧着脸，”安热尔说，“看上去像个星期天的乡巴佬。”

“我才不管看上去像什么。”心理医生回答。

“别和你的胡子过不去。”

雅克莫尔走回陆地，把鞋放到一块大石头上。他抬起头，看见用于船下水的木轨一直延伸到礁石后方。

“我一见这玩意儿，心里就堵得慌。”他说。

“别，你不用担心。”安热尔说。

他灵巧地走上木船驳岸的弹性跳板，雅克莫尔没动。

“你带这些盆花做什么？”安热尔从船舱出来时雅克莫尔问。

“我没有权利带些花吗？”安热尔不悦地回答。

“当然有，当然有。”雅克莫尔连忙说，又加了句，“不过你拿什么浇灌它们啊？”

“用水呀，”安热尔说，“你知道，在海上也会下雨的。”

“当然。”另一个同意道。

“别一副苦相了，”安热尔说，“你这样让我难受，就跟丢了个朋友似的。”

“事实就是这样，”雅克莫尔说，“我挺喜欢你。”

“唔，我也是，”安热尔说，“不过你看我还是决定出发。我们不会因为喜爱什么人就留下，但我们会因为讨厌什么人而离开。只有丑陋才让人有所行动，人就是这样怯懦。”

“我不知道是不是怯懦，”雅克莫尔说，“反正我挺难过的。”

“为了不至于表现得太怯懦，我增加了点危险的小细节：比如不带给养，船壳上留个小孔，很少的淡水。怎么样？这够抵消一点怯懦吗？”

“真是个蠢猪。”雅克莫尔恼火地低声咒骂。

“这样的话，从道德上来说是一种怯懦，从肉体来说就是一种大胆。”

“这不是大胆，是愚蠢。”雅克莫尔说，“再说，从道德层面何为怯懦？我们不会因为不爱或者不再爱某个人，就变得怯懦了。就是这样。”

“我们又要扯远了，”安热尔说，“每次我们开始谈论事情，都会南辕北辙，这是让我离开的又一个理由，我因此可以避免给你灌输不良见解。”

“你认为其他人就能给我良好见解？”雅克莫尔喃喃道。

“这倒是，请原谅，我忘了你是出了名的‘空’。”

安热尔笑着又钻进船舱，一阵轻微的轰鸣声响起时，他又钻出来。

“一切正常，”他说，“我可以出发了。再说，我宁可她一个人抚养大这些孩子，我肯定会和她有不同意见，而我最讨厌吵架。”

雅克莫尔看着清澈的海水，水下的鹅卵石和水草被放大。美丽的大海此刻风平浪静，海浪轻拍岸的汩汩涛声，宛如湿润唇间吐出的喃喃低语。他低下了头。

“呵，算了，别瞎扯了。”

“我从没像现在这样认真过，”安热尔说，“至少，我是被迫离开，现在我已经没有退路。”

他认真看了一眼跳板，从口袋掏出一盒火柴划亮一根，弯腰点着了露在木轨道外的一截捻子。

“这样一来，你也不用惦记它们了。”

蓝色火苗朝高处蜿蜒，他们对视了一眼。火势变大，火焰变成橘黄色，烧焦的木板发出噼啪声。安热尔再次上船，抽下跳板扔到岸上。

“你不把跳板带上？”雅克莫尔问着，从火焰处收回目光。

“我不需要，”安热尔说，“我得向你承认一件事，我最讨厌孩子了。再见，老伙计。”

“再见，老混蛋。”雅克莫尔说。

安热尔笑了，但眼里有泪光闪烁。雅克莫尔身后，火舌嗞嗞作响。安热尔钻入舱房，只听见一阵马达轰鸣，螺旋桨劈开水花。他回到甲板上操作操纵杆，船迅速驶离海岸，随着速度加快船在海面上浮升。当船速达到最高峰时，船只几乎飘起来，仿佛从平静的水面上划过，吐出一道白色的泡沫。远处的安热尔小到像一个布娃娃，在挥手致意，雅克莫尔也向他招招手。现在是傍晚六点，火舌几乎舔到心理医生，他抹把脸，赶紧逃开，这是个好借口。一股浓烟升腾而起，撕裂了黄色火焰，旋风似的跃过高高的悬崖，冲天而去。

雅克莫尔打了个冷战，突然意识到自己正在像猫一样尖叫了几分钟，一种混杂了遗憾和痛苦的喊叫，就像猫刚刚被阉割。他闭上嘴，笨手笨脚地穿上鞋朝峭壁走去。在爬坡之前，他朝大海看了最后一眼，金色的夕阳照在波光粼粼的海面，一只小小的昆虫在水面漂浮，可能是仰泳蝽或灰蝎蝽或蜘蛛，或就是在水面上独行的什么东西，就像安热尔，孤独地待在他的船上。

十八

6-7 月 39 日

她坐在窗前出神，花园就在眼前，紧贴峭壁。夕阳斜斜地照进，抚摸她皮肤上的细毛，那是黄昏降临前的最后一次抚摸。克莱芒蒂娜深感倦怠，想着满腹的心事。

她沉浸在自己的世界中，所以当远处六点的钟声敲响时，她吓了一跳。

她疾步离开屋子，他们没在花园里。她狐疑地走下楼梯径自朝厨房走去，推开门时传来隔壁洗衣房居勒布朗洗衣的水流声。

孩子们拉了一把椅子到吊厨前，诺埃尔双手扶住椅子，西特罗昂站在椅子上从篮筐里拿出面包，一块块递给乔埃尔。果酱瓶还放在椅子上，在西特罗昂的双脚之间。孩子们花猫似的脸蛋早就泄露了这些果酱的去处。

听见母亲进来，他们回过头，乔埃尔已经忍不住哭出来，诺埃尔也跟着哭，只有西特罗昂不哭。他拿起最后一块面包咬了一口，当着她的面坐在果酱瓶边上，不慌不忙地嚼起面包。

想到自己又一次忘记了时间，克莱芒蒂娜感觉内疚，这种内疚感比她有时晚回家的内疚更为强烈。甚至西特罗昂挑衅似的行为，也是与哥哥们的态度互补，是一种自我防卫的体现。他跟他们一样，知道自己做了被禁止的事，所以认为母亲肯定会狠狠收拾他们仨，认为她会惩罚他的偷嘴。这样一想，克莱芒蒂娜心如刀绞，自己也想哭。但为了不至于让厨房间泪流成河，她总算控制住了微微发痒的泪腺。

她朝他们走去，把西特罗昂揽在怀里，温柔地在他脸颊上亲了一下。

“可怜的孩子，”她充满爱怜地说，“该死的妈妈忘了给你们吃点心。来吧，我们去喝一杯好喝的牛奶巧克力。”

她把他抱到地上。双胞胎的眼泪突然停止，高兴地扑向她，小脸贴着她沾了黑灰的裤子。她正凑近灶台拿一个平底锅，往里倒了一些牛奶。西特罗昂手里拿着面包片，呆呆地看着她。他皱着的眉头舒展开来，眼里闪着泪花，但仍有些迟疑。她朝他微笑，哄骗似的笑，他终于像个蓝色小刺猬似的也怯生生地笑了。

“你看着，现在你会多么爱我，”她喃喃低语仿佛是说给自己听，“从今以后你没有任何可指责我的地方。”

“现在，他们会自己找吃的了，”她苦涩地想，“也许他们已经会开关水龙头了。”

没关系，她会重新赢得他们。她会给他们无尽的爱，让他们的整个生命都交织着她的关心和操劳，让他们的生命在她缺席时，失去意义。

此时她无意中朝窗外看了一眼，看见一股浓烟在车库附近升腾，那是船下水用的木滑道，正在燃烧。

她出去看个究竟，身后跟着三个叽叽喳喳的孩子。不用核实，她已经知道这场火灾意味着什么。她最后的障碍被扫清了。

车库发出噼噼啪啪被火舌吞噬的声音。烧焦的木块从屋顶往下掉。车库门前，雅克莫尔呆立着凝视火焰。克莱芒蒂娜伸手拍了拍他的肩，他吃了一惊，但是没说什么。

“安热尔走了？”克莱芒蒂娜问。

雅克莫尔点点头。

“等全部烧完了，你和女仆一起打扫一下，正好给孩子们做一处绝佳的游玩场地。可以给他们造一个柱廊，你给他们搭一个，他们可以像国王一样玩耍。”

他有些吃惊地看看她，知道没什么可讨价还价的。

“你能做好，”她鼓励道，“我丈夫就可以做得很好，他手很巧。但愿那几个小家伙能像他。”

第三部分

一

1—4 月 55 日

我在这里已经四年零几天了，雅克莫尔心想。

他的胡子也长长了。

二

1–4 月 59 日

细雨恼人地下个不停，让人咳嗽。花园浸透了水，泥泞。大海与铅灰的天空同色，几乎难以分辨。海湾里斜斜飘落的雨丝切割着天幕。

下雨的日子什么也做不了，只好在房间里玩。诺埃尔、乔埃尔、西特罗昂在自己房间里玩淌口水。西特罗昂四肢着地，沿着地毯边缘爬，他在地毯的每个红点处停下，歪着头让口水滴到红点上。诺埃尔和乔埃尔跟随其后，把自己的口水努力滴在同一地方。

雨还在下，克莱芒蒂娜在厨房准备牛奶土豆泥。她发胖了，不再化妆，照看三个孩子。干完活，她重新回到楼上看护孩子们。她推门进去时，居勒布朗正在责备孩子们：

“真是太恶心了，你们这些肮脏玩意。”

“外面在下雨。”西特罗昂提醒道，嘴里的口水滴成一条线。

“外面在下雨。”乔埃尔附和道。

“下雨。”诺埃尔说得更简短，努力跟上节奏。

“那谁来打扫你们这些脏东西？”

“你。”西特罗昂说。

克莱芒蒂娜正好进门，听见了后面几句对话。

“当然是你，”她说，“你来就是干这个的，他们有权在屋里玩耍，可怜的小宝贝。难道你觉得天气足够好？”

“这不是一回事。”居勒布朗说。

“够了，”克莱芒蒂娜说，“你回去熨衣服吧，我来照看他们。”

女仆出去。

“如果你们喜欢，想淌口水就淌吧。”克莱芒蒂娜说。

“我们不想玩这个了。”西特罗昂说。

他站起身。

“来，我们来玩小火车。”他对哥哥们说。

“来亲我一下。”克莱芒蒂娜说。

“不。”西特罗昂说。

“不。”乔埃尔说。

诺埃尔什么也没说，因为他无法再简化兄弟们的话了。

“你们不喜欢妈咪了？”克莱芒蒂娜蹲下来问。

“当然喜欢，”西特罗昂说，“我们要玩小火车，你要到车上来。”

“好吧，我上车！”克莱芒蒂娜说，“哦耶，开车！”

“你大声叫，”西特罗昂说，“学火车的声音，我是司机。”

“我也是。”乔埃尔说，嘴里模仿着呼哧呼哧的火车声。

“我……”诺埃尔想说什么，不过他又闭嘴了。

“哦，小心肝们。”克莱芒蒂娜说着开始亲吻他们。

“你叫呀，火车来了。”西特罗昂说。

…………

乔埃尔慢下来。

“好了，”克莱芒蒂娜说，她的嗓音因为过度叫喊有些嘶哑，“这火车开得真好，现在去吃你们的土豆泥吧。”

“不。”西特罗昂说。

“不。”乔埃尔说。

“让我高兴一下嘛。”克莱芒蒂娜说。

“不。”西特罗昂说。

“不。”乔埃尔说。

“那我要哭了。”克莱芒蒂娜说。

“你不懂怎么哭。”诺埃尔不屑地表示。母亲自负的态度刺激了他，他一反平时的言简意赅。

“什么，我不懂怎么哭？”克莱芒蒂娜说着泪水就在眼眶里打转了，但西特罗昂打断她。

“不，你不懂怎么哭，你只会呜，呜，呜。我们哭起来是啊，啊，啊。”

“好吧，啊啊啊。”克莱芒蒂娜应道。

“不是这样的，”乔埃尔说，“听着。”

诺埃尔被这种气氛传染，真的哭起来了。入戏的乔埃尔也跟着哭，只有西特罗昂从来不哭，但他很忧伤，甚至很绝望的样子。

克莱芒蒂娜害怕了。

“你们怎么真的哭了！西特罗昂、诺埃尔、乔埃尔！别再胡闹了！小宝贝们，小亲亲！好了，不哭了！这到底是怎么了？”

“你坏！”乔埃尔生气地说。

“坏蛋！”西特罗昂愤怒不已。

“喂！”诺埃尔更加气愤地喊起来。

“哦，不，小宝贝们！没关系，瞧瞧，这只是个玩笑。唉，你们要把我逼疯了！”

“我不要吃土豆泥！”西特罗昂大声嚷嚷。

“不要土豆泥！”乔埃尔说。

“不要！”诺埃尔说。

乔埃尔和诺埃尔一激动，说话就会像小小孩。

克莱芒蒂娜不知所措，只是搂住他们不停亲吻。

“小甜心，”她说，“好吧，我们一会再吃，现在不吃。”

他们神奇地立刻停止了吵闹。

“我们去玩船吧。”西特罗昂对乔埃尔说。

“哦，是的，玩船。”乔埃尔说。

“玩船。”诺埃尔最后说。

他们离开克莱芒蒂娜。

“别打搅我们，我们要玩。”西特罗昂说。

“我不打搅你们，”克莱芒蒂娜说，“我可以留在这里织毛线吗？”

“去隔壁。”西特罗昂说。

“去隔壁。”乔埃尔说，“呃，船！”

克莱芒蒂娜叹了口气，无奈地走出去。她是多么怀念他们更年幼更羸弱时候的样子，比如当初他们第一次吸吮她的乳汁时。她低头陷入回忆。

三

2–6月73日

忧伤的雅克莫尔，
走向村口。
他想他在老去，
他吞噬苦涩。
他空空如也，这是事实
他无甚进展
天空灰暗潮湿
土坑里的泥浆
如炒烂的鸡蛋……

一只鸟这么高声唱着。“啊！呸！呸！”雅克莫尔心中骂道，“你吵得我心烦。不过这个开头不错，今后，说到自己时我只用第三人称，这给我灵感。”他往前走，一直往前。路边随处可见的冬天的树篱上停满了小小的绒鸭（绒鸭就是绒鸭的孩子，如同绅士就是绅士的孩子）。所有这些用长喙挠肚皮的白色绒鸭挤在山楂树上，宛如撒了一层人工白雪。路基边的沟渠，溪水流过，绿意盎然，青蛙静静等待七月旱季的来临。

“我上当了，”雅克莫尔继续寻思着，“这个地方套住了我。我来此地时是个充满活力的年轻心理医生，现在成了毫无活力的年轻心理医生。这肯定是个巨大差别，都怪这个该死的腐朽村庄。在这里我第一次看到拍卖老人，现在我也嘲笑那些老人；我为小学徒难过，现在我也恶毒对待拉格罗伊，否则我就是有错。这一切都结束了，我要打起精神工作。”雅克莫尔就是这样对自己说。人的脑子里怎么可以发生那么多事，太不可思议，却发人深省。

雅克莫尔踩得砾石路嘎吱作响，有时双脚打滑有时黏滞。天空中，优美的乌鸦聒噪着，却听不见它们的声音，因为风吹向另一边。

雅克莫尔突然想到一个问题，为什么这个地方没有渔民？而大海近在咫尺，海里多的是鱼虾等丰饶物产。为什么？为什么？为什么？为什么呢？

为什么？因为这地方没有港口。他非常高兴找出这样一个理由，不禁得意地笑了。

远处树篱上方探出一头奶牛的脑袋，他走上前想打招呼。奶牛的脑袋转向一侧，雅克莫尔双手围着嘴呼唤它。待到走近才发现，这是只挂在尖矛上的牛头，肯定又是一头受了惩罚的奶牛。告示牌还在，只是掉到水塘里。雅克莫尔把它捡起，辨认出泥浆下的一些字母：“下（污斑）一次（污斑）你（污斑）要给出（污斑）更多牛奶——（污斑，污斑，污斑）。”

他闷闷地摇摇头，无能为力。他已经习惯小学徒的悲惨……但还不习惯牲口的悲惨，他扔掉指示牌。飞虫吃掉了牛头的眼睛和鼻子，所以它看上去像一个令人发笑的大瘤子。

这又是一件需要丢给拉格罗伊的东西，他心想，肯定会落到拉格罗伊头上，他会收到黄金，但黄金无用，因为他用黄金什么也买不到。所以黄金唯一的价值，就是它是无价。

雅克莫尔就这样
迈着敏捷的步子
找到黄金价值的
有力证据

瞧，瞧，我又恢复了最初的激情，雅克莫尔心想。尽管这种发现没什么意义，因为拉格罗伊手握金子却无处可用的窘境是事先就设计好的。再说了，我才不关心金子，但这让我又行走了一百米。

村子已可见。红色小河上，拉格罗伊的船漂着，守候那些垃圾碎片。船靠过来时雅克莫尔叫住他，跳上了船。

“怎么样？有什么新鲜事？”雅克莫尔高兴地问。

“没有。”拉格罗伊回答。

雅克莫尔从早上开始就转着一个念头。

“我说，”他建议道，“我们去你家里坐坐怎么样？我想问你几个问题。”

“嗯，为什么不呢？”拉格罗伊说，“走吧。你先让一下。”

他突然一个猛子扎进河里，哆嗦着费力靠近漂在水面的一块残渣，用牙齿熟练衔住。那是一只小孩的手，上面还有墨水的痕迹。他回到船上。

“得，夏尔的儿子又没好好写作业。”

四

4-8 月 98 日

我真的是越来越受不了这个村庄，雅克莫尔对着镜子里的自己说。他刚刚修剪好胡子。

五

4-8 月 99 日

克莱芒蒂娜饿了，她中午几乎不吃东西，忙着照顾三个孩子吃饭。她去查看了一下自己卧室的房门，把钥匙塞进锁孔。很安全，没人会进来。她走到房间中央，稍稍松开布裙的腰带，悄悄从衣柜镜子里看了看自己。她走到窗口关上窗，然后来到橱柜跟前。她慢吞吞地做着这些动作，享受着时间的流逝。她取下用细皮绳挂在腰带上的橱柜钥匙，看了一眼，随即把钥匙插入锁孔。柜子里发出一股臭味，完全是尸体腐烂的那种味道。臭味来自一个纸板鞋盒。克莱芒蒂娜捧起盒子闻了闻，盒子里有一个托盘，内盛一块吃剩的已腐烂的牛排。那是一种干净的腐烂，没有苍蝇也未长蛆，仅是变绿并发出恶臭。她用手指戳了戳肉块，很容易就戳进去，手指感觉到了肉的腐烂。她小心翼翼地用拇指和食指捏住牛排，小心咬了一口，咬下完整的一小块。这并不难，肉很软。她慢慢咀嚼着，感受变质牛排肥皂般的质地，腮帮子泛起一股微微的酸涩。腐肉刺鼻的味道从盒子里直往外冲。她把吃剩一半的肉放回盒子，再把盒子放回原处。旁边有一块差不多情形的三角形腐烂奶酪，被丢弃在盘子一角。她用手指蘸了一下奶酪，然后放到嘴里舔，这样来回几次。她似乎有些不太情愿地关上橱柜门，到水池边洗净双手，然后仰面躺在床上。这一次，她不会呕吐了，她知道，她可以把这些东西都留在肚子里，只需饿得够狠。她下次会注意的。总之，必须遵守一个原则：最好的肉留给孩子们。一想到最初她只是满足于吃孩子们留下的残羹冷炙，比如带肥肉的火腿皮，碎布丁块蘸一点早饭时的剩牛奶，她就觉得好笑。因为这样的举止谁都可以做到，每一位母亲都可以，这太常见了。水产品残羹，已经要稍难下咽，因为舌头上会有一层绒毛样的感觉。不过水产品的剩汤剩水也没什么了不起，捎带些残肉，许多人都会吃，但只有她能做到让这些渣滓腐烂掉。孩子们值得她做出如此牺牲——这些食物越是腐烂越是恶臭，越能让她感觉自己对他们坚定不移的爱，仿佛她在蒙受折磨的过程中能产生出某种更纯洁更真实的东西——她要赎回那些迟到的爱，赎回没能想到他们的每一分钟。

但她还不甚满意，因为她还做不到吞下那些蛆虫，她感觉为避免苍蝇而把剩肉放在橱柜的行为是一种作弊，也许最终的报应会落到他们头上……

明天，她要试一下吃蛆。

六

4-8 月 107 日

“我是多么担心啊！”克莱芒蒂娜手支窗台，心想。

花园沐浴在金色的阳光中。

我不知道诺埃尔、乔埃尔和西特罗昂在哪里。此刻，或许他们掉到水井里了，或许吃了有毒的果子，或许被路过的某个玩弓弩的孩子射中了眼睛，或许碰上结核杆菌的播散染上肺结核，或者吸入过于浓烈的花香失去知觉，或者被村里某个孩子的祖父带来的毒蝎咬了一口，那是个刚从蝎子国回来的有名的蝎子贩。也许他们会从树上摔下来，也许跑得太快摔断一条腿，也许玩水时被淹死，也许走下悬崖时摔入深谷折断脖子，或者被旧铁丝钩破皮肤染上破伤风；他们会在花园深处翻转某块石头，石头下一条飞虫正破壳而出，飞到村里，潜入某头暴躁公牛的牛圈，在它鼻子下咬一口，公牛于是从牛棚冲出，撞毁一切。也许公牛现在就走在通向我们家的路上，发疯似的冲过来，在转弯处留下一丛黑毛挂在刺梨上。它低头猛冲，撞倒一辆半瞎老马拉的马车。车被撞翻，金属碎片飞到惊人的高度，也许是一枚螺丝、一个螺帽、一个铁钉，车辕上的某块金属片，车套上的某个挂钩，损坏的手工梣木车轮，铆钉碎片。铁片呼啸着腾飞到空中，飞过花园围栏。天哪！铁片掉落、掉落，掠过飞蛾的翅膀，吸住它，失去平衡的飞蛾摇摇晃晃撞到大树上然后突然落到草坪上。天哪！乔埃尔、诺埃尔和西特罗昂在那里玩，飞蛾落在西特罗昂的脸颊上，他脸上也许还留着未擦干净的果酱，飞蛾叮咬他……

“西特罗昂，你在哪？”

克莱芒蒂娜奔出房间，疯了似的喊着，三步并两步冲下楼梯，在前厅一头撞上女仆。

“他们在哪？我的孩子在哪？”

“他们在睡觉呀，”女仆惊讶地回答，“现在是他们的午睡时间。”

还好！是，这次虽然没发生什么意外，但这种可能性完全存在。她回到自己房间，心口还在怦怦直跳。显然，把他们单独留在花园里很危险。总而言之，要禁止他们翻石头，谁也不知道石头底下会压着什么玩意。有毒的鼠妇，咬一口就置人于死地的毒蜘蛛，携带着无药可医的殖民地病菌的蟑螂；或某个刽子手医生逃跑时留下的毒针头，那个医生杀害了十一名病人，修改他们的遗嘱牟利，他的卑鄙行径被诊所的年轻医生发现，那是个长着红胡子的奇怪家伙。

雅克莫尔最近怎样了？她心想。我几乎见不到他，他也差不多。他借口既是心理医生又是心理分析家，也许会介入乔埃尔、诺埃尔和西特罗昂的教育。我倒想问，他有什么权利？孩子属于他们的母亲，因为是她们吃尽苦头才生下他们，他们属于母亲，不属于父亲。母亲爱孩子，因此他们必须按母亲说的去做。母亲比他们更清楚他们需要什么，什么对他们有益，什么能让他们尽可能久留在童年，就像清朝女人的小脚。清朝女人小时候，人家把她们的脚放到特殊的鞋子里，或绑上裹脚带，或穿上特制的金属模子，总之设法让她们的脚停止长大。而对孩子整体，我们要做同样的事，阻止他们长大，停留在这个年纪对他们更好，没有忧虑，没有欲望，没有非分之想。过一段时间，他们自然会长大，自然会走得更远，面临新的危险。如果他们走出花园，更有上千额外的危险，我说上千？不，上万，我还算口下留情。要想尽一切办法阻止他们走出花园，即使在花园里，他们也面临数不清的危险，比如一阵突如其来的狂风折断树枝砸到他们；比如他们在花园玩骑马游戏，玩小火车或警察抓小偷或其他游戏，玩得满头大汗后一场大雨把他们淋成落汤鸡，随后他们就会染上肺炎，或胸膜炎，或关节炎，或小儿麻痹症，或伤寒，或猩红热，或麻疹，或水痘，或那个谁都叫不上名字的新疾病。如果雷雨来了，那还有闪电，还有雷鸣，还有那种我不懂的别人说的电离现象，光听这名字就觉得可怕，让人想到营养不足。[1]还可能发生诸多其他情况，如果他们走出花园，问题肯定更严重。不过现在顾不上想那么多，仅是花园里可能发生的事已经让人想破脑袋。等他们长大一点，哎呀呀！他们长大及他们走出花园，这是两件多么恐怖的事，有多少危险要防备啊！是的，做母亲的必须什么都想到。不过暂时先放一放，我以后再来想这事，我得记着长大和走出花园这两件事。我现在还是先对付花园，这花园中可能发生的意外不计其数。对了，路上的砾石，我已经说过多少次让孩子们玩小石子是多么荒唐的事。万一石子被吞到肚子里怎么办？并且不是一下子就能发现，三天后引发阑尾炎，必须急症开刀。可找谁开刀？雅克莫尔？他不是医生；村里的医生？村里只有一名兽医。所以他们只能在受尽折磨后等死，高烧、叫喊，不，不是叫喊，是呻吟，这更让人心碎。没有冰块，找不到冰块敷在他们肚子上。体温上蹿，烧爆体温表，破裂的碎片飞到正看着西特罗昂受苦的乔埃尔眼睛里，乔埃尔眼睛出血，会瞎掉，但是没人顾得上他，因为大家都手忙脚乱围着西特罗昂，他的呼吸正越来越微弱。诺埃尔趁着混乱潜到厨房，火炉上正烧着一大锅开水。他饿了，大

---

① 电离，法文为 ionisation；营养不足，法文为 inanition；两者拼法颇为相似。

人们没顾得上给他吃下午点心。他弟弟病了，大家忘记了他。诺埃尔爬上火炉前面的椅子，去拿吊柜里的果酱瓶，但是够不着。由于有灰尘，女仆把瓶子放得比平时远了点。要是她打扫得更勤快，就不会出现这样的情况。他身体前倾，脚下一滑，一下子倒在沸腾的水锅里，只来得及发出一声惨叫，只有一声。他死了，却还机械地挣扎了一下，就像被扔到沸水里的螃蟹，变得浑身通红。他死了，诺埃尔！

克莱芒蒂娜冲到门外喊女仆。

“我在，太太。”

“我禁止你中午做螃蟹。”

“没有螃蟹呀，太太，今天中午是烤牛肉和苹果泥。”

“反正我禁止你。”

“好的，太太。”

“再也不许做螃蟹，不许做鳌蟹，不许做蝲蛄，总之不许做龙虾类的东西。”

“知道了，太太。”

她回到自己房间，是否该趁他们睡觉时把食物都准备好，然后让他们吃冷餐？这样当他们醒来时就无火源之虞。当然火柴盒要小心锁起来，不过已经锁好。他们要喝煮过的水，今晚等他们上床就煮开水。把水煮开了给他们喝真是个好主意，煮过的水，水里的病菌就失去杀伤力。可是他们在花园里仍可以把不干净的东西塞到嘴里，哦，花园。应尽量避免他们去花园，比起一间干净的屋子，花园肯定不安全。一间每天打扫的干净屋子肯定比花园牢靠。当然，也许他们会在地砖上受凉，可在花园里也会受凉，那里风那么大，还有潮湿的草地。一间干净屋子，对！当然方砖也会有危险，砖会碎裂，碎片割破腕动脉会流血。而他们因为做了傻事还不敢说，血就这么流着，流着。西特罗昂脸色惨白，乔埃尔和诺埃尔哭起来。西特罗昂继续流血，门被反锁了，因为大人们出去买东西。诺埃尔被流出的血吓坏了，试着爬到窗口喊人。他笨拙地站在乔埃尔肩上，结果摔下来，轮到他割破了颈动脉，几分钟后就咽气，小脸白得像一张纸。不行，不能把他们留在关着的屋子里……

她冲出房间，像个疯子，径自闯进三个孩子的房间。阳光透过百叶窗洒到粉红色墙上，孩子们发出均匀的呼吸声。诺埃尔动了一下，喉咙口发出低低的咕噜声。西特罗昂和乔埃尔半握小拳头，在睡梦中露出微笑，无忧无虑地摊开四肢。克莱芒蒂娜心跳得厉害，她离开孩子们的房间，回到自己屋里，这次她让房门都开着。

我是个称职的母亲，我会考虑到他们将会面临的一切。所有的意外事故，我要防患于未然。我指的不是他们长大后遇到的危险，或是走出花园后遇到的危险。不，这些危险我暂且搁置一边，以后再说。我有时间，还有时间。现在已经有这么多灾难要顾及，这么多灾难。我爱他们，因为我会考虑到他们可能面临的最坏遭遇并及早防范。我并不以这种血腥想象为乐，是它们自动浮现于我脑海，这说明我是多么在乎他们啊！我是负责任的，他们依赖我，这是我的孩子，我应该尽我的责任让他们避开无数窥视着他们的灾祸。这些小天使，他们还没有自卫能力，还不懂什么是对他们有益的。我爱他们，为了他们好我才会想到这一切，这样的联想并不愉快。想到他们可能会吃有毒的果浆，坐在湿草地上，树枝砸到他们头上；想到他们掉到井里，或从悬崖滚落深谷，或吞进石子，或被蚂蚁、蜜蜂、金龟子、鸟儿叮咬；想到他们在嗅花香时用力过猛，花瓣堵住鼻孔，然后被吸入脑中，他们会死掉。想到他们还那么年幼，会掉到井里淹死，树枝会砸到他们头上，地砖碎了，血，血……想到这些我颤抖不已。

克莱芒蒂娜实在无法忍受，悄悄起身，踮着脚尖来到孩子们的房间。她在一把椅子上坐下，从这个位置可以看到三个孩子，他们安睡得连梦都没有。她渐渐也蜷缩着，满腹忧虑地陷入昏睡，睡眠中还不时抽动一下，仿佛猎狗嗅到了兽群。

七

4—8 月 135 日

“呜呼，”雅克莫尔走到村口时想，“这至少是我第一千次来到这个该死的村子，这条路再也没什么可教给我的了。当然这不妨碍我学学其他东西。总之，终于有一次可以让我放松放松。”

到处贴着小广告，白底紫字，一定是用复写纸在打字机上打下来的。上写：今天下午，豪华演出等等。演出在本堂神甫住处后侧的棚屋举行，显然是神甫张罗的。红色小河上，未见拉格罗伊的踪影，可能他在远处，在河湾另一端。从灰蒙蒙的房子里走出一群群穿着节日盛装的人，就是说穿得像去参加葬礼。学徒们留在家里，为了不让他们觉得遗憾，主人们没少踹他们的屁股，这样，他们可以单独待一下午时，就会感觉很幸福。

雅克莫尔现在对每个角落、每条近路都了如指掌。他穿过还定期举行老人拍卖的大广场，沿着学校走了几分钟后，绕过教堂来到售票处买票，一个唱诗班的孩子在那里照看。雅克莫尔买了一张高价位票，以便看个真切。他向棚屋走去，有人走在他前面，也有人跟在他身后。棚屋入口处，另一个唱诗班的孩子在检票，确切地说他把票一撕为二，一半还给了雅克莫尔。第三个孩子在引导一家人入座，雅克莫尔在等他过来招呼自己，他应该很快会过来。

这三个唱诗班的孩子都穿着节日盛装，红裙子、无檐帽、花边上衣。最后那个孩子拿着雅克莫尔的票把他引到乐池边。神甫把教堂里能搬动的椅子都搬来了，椅子太多，有些地方只好椅子叠椅子，几乎无法下座，但这样可以卖出更多的票。

雅克莫尔坐到自己位置上，违心地给那个想讨小费的唱诗班孩子一记耳光，孩子没敢讨要他的余额，赶紧逃走，这余额很可能就是对他的一顿暴打。这很顺理成章，尽管雅克莫尔对这些恶习深恶痛绝，但他在大庭广众之下只能入乡随俗。他局促不安，观察起舞台布置。

棚屋中间的高台周围，摆放着从教堂搬来的椅子。高台由四根雕花柱子撑起，柱子又用牢固的金属横杆连接，上面拉着绛红色的缎带。对角的两根柱子上刻着常见的耶稣生平：耶稣在路边挠脚，耶稣在喝红酒，耶稣在用鱼竿钓鱼，总之是传统的宗教画面。相反，另两根柱子显得很特别：左侧靠近雅克莫尔的那根，是一个巨大的三叉齿形状，齿尖朝向空中。柱身刻着一些或干净或肮脏的可怕雕塑，能让某位修士，或一群修士，甚至信徒首领，感到脸红。最后一根柱子呈十字架形，比较平常地刻着本堂神甫的形象，裸露着后背，正在床下寻找神袍衣领的搭扣。

人群不断拥入。有挪动椅子的嘈杂声，有因吝啬而座位不佳者的叫骂声，有唱诗班孩子们的尖叫声；有观众的脚臭味和老人的呻吟声，他们就是在老人拍卖市场被买来的那些人，被带到剧场在幕间休息时供人折磨，这已经是星期天节目中司空见惯的一幕。这时，人们突然听到一阵刺耳的声响，仿佛一张破裂的唱片刚开始转动。雅克莫尔抬头一看，震耳欲聋的声音是从绑在拳击台上方横梁上的扬声器里发出。几秒钟后他听到神甫的声音，尽管音响质量奇差，大家还是听出神甫在啰唆些什么。

“这样可不行！”神甫一开场就大声叫嚷。

"噢！噢！噢！"人群幸灾乐祸。

"你们中有些人，出于卑鄙的吝啬和可耻的贪小心理，想嘲弄《圣经》的教诲。他们买了便宜的票子，不能坐下！这是个庄严的演出，是在上帝面前的演出，是伟大的作品。在这种场合，任何没有庄重行为的人，都会受到恶人应得的惩罚，他们将在地狱里被永远放在木炭火、煤炭火上烤，甚至粗酒石火上烤，要不就是用干草烤。"

"退钱！退钱！"那些无法落座的人叫嚷着。

"不会退钱给你们的。你们想办法坐下来，坐不下来，上帝也不会管你们。我们在你们的座位上放了其他椅脚朝天的椅子，就是要让你们明白这些位子的票价只够让一把椅子来坐。叫喊吧，抗议吧，上帝意味着豪华与美好，你们只需买更贵的票子。想要的人可以补个差价，但他们仍然保留原来的差位子。弥补并不意味着被原谅。"

人们觉得神甫有点过分。雅克莫尔听到一声巨响，回头看到马蹄铁匠站在棚屋中央，双手各抓一把椅子，使劲对撞。他第二次猛烈撞击时，椅子被撞成火柴棒似的碎片，他把木碎片朝帘子遮挡的后台扔去。这是个信号，所有买了差位子的人都抓起座位上的椅子，砸个稀烂。那些力气不够大的人，就把椅子递给铁匠。

椅子的碎片在一片嘈杂声中飞来飞去，在两块幕布间砸开一个裂口，还有一把椅子重重动摇了支撑幕布的杆子。扬声器里传来神甫的怒骂声：

"你们没有权利这么做！庄严的上帝蔑视你们粗鄙的生活，蔑视你们的脏鞋子，污渍斑斑的裤衩，穿黑的衣领和牙齿上的污垢。上帝拒绝细香肠、秃毛公鸡般的男人和瘦长干瘪的女人进天堂。上帝是纯银的天鹅座，是闪亮三角中的蓝宝石，是黄金花盆底耀眼的钻石。上帝，是镶钻的愉悦，是镀白金的神秘，是马伦比亚交际花成百上千的戒指。上帝，是被穿着天鹅绒袍子的主教捧在手里的永远的大烛台。

上帝生活在金银堆里，在珍珠河里，在沸腾的水银里，在液晶和以太中。上帝在看着你们，乡巴佬，他为你们感到羞愧……”

神甫犯了大忌，人群像炸开了锅，那些有座位的人也开始叫骂。

“够了，神甫！开演吧！”

椅子飞得更猛。

“他为你们感到羞愧！你们这些肮脏的野蛮人、蠢货。你们就是人间的破抹布，是上天菜园子里的土豆，是神妙花园里的荨麻。你们是……啊呸！啊呸！”

一把椅子比其他椅子扔得更准，一下子扯下幕布。人们看到穿短裤的神甫在麦克风后面抱头躲闪。

“表演节目，神甫！”人群齐声喊道。

“好吧！好吧！”神甫说，“来了，来了！”

人群安静下来，座位上到处撒落着破椅子的碎木片。唱诗班的孩子们殷勤地围着神甫，其中一位递给神甫一个棕色圆形的东西。神甫把一只手伸进去，另一只手也戴上同样的东西。接着神甫穿上一件鲜艳漂亮的黄色睡袍，一瘸一拐跳上拳击台。他带着麦克风，把它挂在头顶事先准备好的一根绳子上。

“今天，我要在你们面前与魔鬼干脆利落地打一架，”他开门见山地说，“打十局，每局三分钟。”

人们怀疑地窃窃私语。

“别笑！”神甫大声呵斥，“不相信的人给我好好看着！”

他做了个示意动作，圣器管理人从后台蹿出来，一股刺鼻的硫黄味弥散开来。

“八天前，”神甫宣布道，“我发现了一件事，我的圣器管理人就是魔鬼。”

圣器管理人漫不经心地吐出一串漂亮火焰。尽管他穿着长袍子，人们还是能看到他粗长的腿毛和裂了口的木屐。

“为他喝彩吧！”神甫鼓动道。

掌声噼噼啪啪响起，不怎么热烈。圣器管理人有点失落。

“还有什么能比得上这样一场华丽的战斗更让上帝高兴？一场比爱好奢侈者罗马皇帝组织的战斗更精彩的战斗？”神甫咆哮道。

“够了！”有人喊道，“我们要看流血！”

“好吧！好吧！”神甫说，“我只想补充一件事，你们都是些可怜的没教养的人。”

他脱下睡袍，两个唱诗班孩子给他做助手，圣器管理人则一个助手也没有。唱诗班的孩子准备好脸盆、矮凳和浴巾，神甫戴上牙套。圣器管理人只是说了一句神秘的话，他的黑色睡袍就自行燃烧起来，很快在一团红色烟雾中不见了。他冷笑一声，做了几个准备动作热热身。神甫脸色苍白，在胸口画十字。圣器管理人抗议道：

“比赛开始前不许做小动作，嗯，神甫大人。”

唱诗班的第三个孩子在一只铜盆上重重敲了一锤。站在三叉齿立柱一角的圣器管理人早已迫不及待，听到锣声冲到拳台中央，发出满意的吼叫。

魔鬼一上来就发起猛烈进攻，一连串的右勾拳，其中三分之一的出拳击破了神甫的防卫，然而后者表现出娴熟的脚下功夫。两条肥胖多肉的腿，尽管高低不一，却相当灵活。神甫避开左路，尽量与对手保持距离。趁着魔鬼正在琢磨如何从侧面攻击的当口，他朝他胸口一记左勾拳，圣器管理人粗鲁地咒骂一声，人群中爆发出热烈的掌声。神甫正待扬扬得意，不料下巴被对手出其不意地一拳击中，几乎难以招架。魔鬼恶狠狠地盯着他，一连串令人眼花缭乱的左侧进攻，仿佛要给人展示他拳法的多样性。两人身上都泛起点点淤青，神甫开始喘气。当圣器管理人再次靠近时，神甫对他说：

“滚开！”

这让双手护着肋部的圣器管理人觉得好笑。神甫却趁机朝他口鼻处狠狠挥了两拳，血流了出来。锣声几乎同时响起，两个对手回到各自的角落。唱诗班的三个孩子立刻围住了神甫。人群热烈鼓掌，因为他们看到了流血。魔鬼捧起一个汽油桶，喝了一大口，朝空中吐出一束漂亮的红色火焰，烧到了拴麦克风的绳子。人们拍手拍得更起劲了。雅克莫尔觉得神甫对付得不错，无论作为组织者还是作为拳手，尤其这个让魔鬼出场的主意实在是棒极了。

然而，唱诗班的孩子们在小心擦拭神甫身上的伤口，他看上去并不是很好，身上不同地方的大块瘀斑现在越来越清晰。

“第二局开始！”敲锣的孩子宣布道，“当！”一声。

这一次，魔鬼显得更加凶狠和坚定，决心速战速决。他疯了似的朝神甫进攻，不让他有喘息的机会。拳头冰雹般落下，雨点凝结成的冰雹。神甫节节败退，有两次在人群的不满声中紧紧抓住拳台的围绳，随后瞅准一个空当，双手紧紧夹住圣器管理人的头，用自己的膝盖狠撞他的鼻子，魔鬼发出痛苦的惨叫，连连后退。

孩子们高兴极了，齐声喊起来：

“他作弊！神甫万岁！”

“太不要脸了！”魔鬼捂着鼻子愤怒地说，脸上痛苦的表情十分明显。

神甫很高兴，扭动着身体。但刚才魔鬼只是略施小计，现在他突然冲过来朝神甫肝区狠狠挥出两拳，并朝下巴飞去一记勾拳。神甫本能地一躲，这一拳落在了左眼上，他赶紧闭上眼睛。

幸亏这时锣声响起，神甫漱了好几口水，左眼敷了很大一块生牛肉，中间挖了个洞，露出眼睛，如果他的眼睛还能睁开的话。而这时候魔鬼在不断搞怪逗人开心，尤其当他突然扯下短裤把屁股对着杂货店老板娘时，引得众人哄堂大笑。

第三局打到一半时，神甫越来越招架不住。他暗暗伸出一只手，抓着事先做过手脚的麦克风电线使劲一扯，扬声器掉下来正好砸到圣器管理人头上，他倒地不省人事。神甫非常自豪，双手举过头顶，在拳击台跑了一圈。

“我凭 K.O. 技术取胜，”他宣布道，“是上帝让我取得胜利。华丽的上帝，富足的上帝！是上帝，三局定胜负！”

“噢！啊！噢！”人群发出嘘声。

村民们最初愣了片刻，没有反应过来，因为一切发生得太快了。很快他们开始抗议，因为这几分钟时间也太贵了点。雅克莫尔有些担心，预感形势会失控。

“退钱，神甫！”有人叫喊道。

“不！”神甫说。

“神甫，退钱！”

一把椅子砸过来，随后第二把。神甫跳下拳击台。无数椅子雨点般砸向他。

雅克莫尔往出口溜时，一把椅子砸到他耳朵后，他本能地挥拳反击，在打落对方门牙的同时，认出了对手，就是那个木匠，他嘴里吐着血丝倒在地上。雅克莫尔看看自己的手指，有两处关节裂开了。他舔了舔伤口，心头涌起一丝不安，但他立刻又耸耸肩抛之脑后。

“没关系……”他心想，“拉格罗伊在，他会承受这一切。对了，为了我给唱诗班孩子的那记耳光，我得去找他一下。”

他还想打架，他朝遇见的人挥出拳头。朝成年人挥出拳头让他感到前所未有的痛快。

八

4—8 月 135 日

当雅克莫尔推开拉格罗伊的房门时，后者正在穿衣服。他刚刚在那个纯金打造的浴缸里洗完澡，套上一件十分华丽的内滚金边的锦缎浴袍，干活时穿的旧衣服挂在一边。屋子里遍地是金子，这间旧房子的内部仿佛就是用金子堆出来的。金币从箱子里满出，餐具、椅子、桌子上，到处金灿灿的。雅克莫尔第一次看见这场景时曾被深深震惊，但现在他淡定地看着这一切，与他的癖好不直接相关的事物，他都无动于衷，甚至视而不见。

拉格罗伊招呼着他，他看到雅克莫尔的模样时有些吃惊。

“我刚才打架了，”雅克莫尔解释说，“在神甫大人的表演会上，大家都打起来了。神甫也打，但打得不光彩，所以其他人也都加入了。”

“很精彩的借口。”拉格罗伊说着耸耸肩。

“我……”雅克莫尔说，“我有点儿羞愧：因为我也参与打架，所以趁着来看你的机会，我带来一些现金……”

他递给他一沓金币。

“当然，”拉格罗伊苦涩地喃喃道，“你很快就学会了这些习惯。不过把你的衣服整整好吧，别担心，我会承接下你的羞耻。”

“谢谢，”雅克莫尔说，“现在，继续我们的精神分析怎么样？”

拉格罗伊把金币扔到一只朱红色的色拉盘里，走到屋角的矮床上躺下，没说一句话。雅克莫尔过来坐在他身边。

“说吧，放松自己然后继续讲述，”雅克莫尔说道，“上次我们说到你在学校的那些事，你偷了那只皮球。”

拉格罗伊用手遮住眼睛开始讲述，但雅克莫尔并没有马上听进去，他有些困惑，也许那只是错觉，因为当老头把手放到额头时，雅克莫尔总觉得透过手掌，看到了病人焦躁和游移的目光。

九

4–8 月 136 日

雅克莫尔躲在安热尔的书房里看书的那几天，觉得自己很有文化。那里只有一本书，却绰绰有余。那是一本出色的百科全书，雅克莫尔照着字母顺序或逻辑顺序的编排，就可找到普通书房藏书的所有基本内容，而那需要多少本书啊！

他通常停留在有各种旗帜的那一页，那里有色彩，且文字明显比其他书页少许多，可以让精神放松，休息。从左数过去第十一幅画，黑底色上是一颗血淋淋的牙齿，让他想起有一天在树林里见到的那些野生风信子。

十

7–11 月 1 日

三个孩子在花园里玩，从屋子里不怎么看得清他们。他们选择自己的地方：这里有着比例适合的鹅卵石、泥地、草地和沙地；有着树荫和阳光，有干有湿，有硬有软，有矿物有植物，有活着的和死了的。

他们不怎么说话，拿着小铁铲，每人挖出一个长方形的坑。铁铲时不时碰到有意思的玩意，挖到的人就会把它拿出来，堆放到之前挖出的战利品上。

挖了一百锹后，西特罗昂停住手。

“停！”他说。

乔埃尔和诺埃尔乖乖听从。

“我挖到一块绿的。”西特罗昂说。

他给他们看一块绿宝石一样的东西。

“我这块是黑的。”乔埃尔说。

“我这块是金的。”诺埃尔说。

他们把三块东西摆成三角状，西特罗昂小心地用干树枝把它们连成一个三角形，然后每人坐在一个角边，等待着。

三角形内的地面突然凹陷下去，从里面出现一只雪白、袖珍的小手，接着出现另一只手。那双手紧紧抓住凹坑的边缘，一个高约十厘米的清晰身影随即出现在三角里。这是个有着金色长发的小女孩，她朝三个孩子递了个飞吻后开始跳舞。她跳了几分钟，从来没有跨出三角形边界。然后，她突然停止跳舞，看着天空，钻到地里不见了，就像她来的时候那么突然。摆那三块彩色石头的地方，现在只留下三块普通的鹅卵石。

西特罗昂站起来，扒开树枝。

“我不想玩了，”他说，“我们换个游戏吧。”

乔埃尔和诺埃尔又开始挖掘。

“我敢肯定我们一定会挖到其他东西。”诺埃尔说。

这时他的铲子触到了一个坚硬物体。

“一块大石头。”他说。

“我看看！”西特罗昂说。

一块漂亮的黄石头，有几处闪着光泽的裂纹。西特罗昂舔了一下尝味道，一口泥沙在他嘴里叽咕作响，但在石头的凹缝里贴着一条鼻涕虫，也是黄色的。他看了看。

“这个不是我要的，”西特罗昂说，“不过你还是可以尝一下，这不是最好的，蓝色的那种吃了才会飞起来。”

“有蓝色的？”诺埃尔问。

“是的。”西特罗昂说。

诺埃尔尝了尝黄色的鼻涕虫，未变质，比泥沙味道好多了，柔软、黏稠。总之味道还不错。

而乔埃尔，他的铲子也刚刚插到一块大石头底下，掏出两条黑色的鼻涕虫。

他把其中一条递给西特罗昂，西特罗昂饶有兴味地看了看，又递给了诺埃尔。不过乔埃尔已经吃了他手里的那条。

“不怎么样，”他说，“像木薯粉。”

“是的，”西特罗昂说，“但是蓝色的很好吃，有菠萝味道。”

“真的吗？”乔埃尔问。

“而且吃过后，可以飞起来。”诺埃尔说。

“我们不能马上飞，”西特罗昂说，“飞之前先要劳动。”

“也许我们可以先劳动，”诺埃尔说，“这样我们找到蓝色鼻涕虫时，就可以马上飞起来了。”

“哦！我找到一颗崭新的漂亮种子。”乔埃尔说，他刚才一直在挖掘。

“给我看看。”西特罗昂说。

这是一颗有胡桃那么大的种子。

“在上面吐五次口水，它就会生长。”西特罗昂说。

“你肯定？”乔埃尔问。

“肯定，”西特罗昂说，“不过得先把它放到一片新鲜叶子上。乔埃尔，去找一片过来吧。”

从种子里长出一棵玫瑰色叶子的袖珍小树，银丝的枝条上，小鸟唱着歌飞来飞去。最大的鸟有乔埃尔的小手指甲盖那么大。

十一

7-11 月 347 日

我在这个该死的地方埋葬自己已经有六年零三天两小时了。雅克莫尔凝视着镜子自言自语。

他的胡子一直保持中等长度。

十二

7-11 月 348 日

雅克莫尔正打算出门，在走廊上碰到克莱芒蒂娜，几个月来他很少见到她。时间持续不断地悄悄溜走，他几乎失去了时间概念。她叫住他。

“你这是要去哪里？”

“和平常一样，去看我的老朋友拉格罗伊。”

“你在继续给他做精神分析？”克莱芒蒂娜问。

“唔……是的。”雅克莫尔说。

“要很长时间啊。”

“需要做完整。”

“你的脑袋变大了。”克莱芒蒂娜指出。

他后退了一步，因为她对他说话时凑得太近了，他闻到她嘴里散发出一股难以忍受的腐烂尸体味。

“有可能，”雅克莫尔说，“总之，他真的变得十分透明，我开始有点担心。”

“你的分析看上去并没有让你感到快乐，”克莱芒蒂娜说，“你花了很长时间才找到一个分析对象！”

“我那些对象一个个都躲开了，”雅克莫尔说，“我不得不选择拉格罗伊，因为只剩下他了。不过我得承认他脑袋里的那些内容，并不能让领受者感到高兴。”

“你们分析得很深入？”

“什么？”

“你们的精神分析，是不是进展顺利？”

“哦，上帝，还不错。”雅克莫尔说，“我需要深入到某些非常具体的细节，实际上我有点担心这样时刻的来临。不过这些都无足轻重啦，你呢，你怎么样了？现在吃饭时都见不到你了，午饭和晚饭都见不到。”

“我在自己房间里吃饭。”克莱芒蒂娜的声音里带着满足。

“哦，好吧。”雅克莫尔说。

他打量了一下年轻女人的身材。

“看上去还挺成功。”他简单回应道。

“我只吃我所需的。”克莱芒蒂娜说。

雅克莫尔竭力没话找话。

“心情还不错吧？”他敷衍着说。

“我不能说好或不好。”

“发生了什么事？”

“说老实话，我有些害怕。”

“害怕什么？”

“我不停地替孩子们担心，谁知道他们会遇到什么事。我总是想象着这些事，最可能发生的这些事。我可不会为那些不可能发生的事或疯了的念头感到头痛；不，单是这些完全可能发生的事情就足以让我发疯。我无法阻止自己不去想它们，而且我还没把花园之外他们所要遇到的危险计算其中；万幸的是，他们现在还没想着要走出去。不过我现在先不去想这些，因为一想这个，我会昏过去。”

“可他们没有什么危险啊，”雅克莫尔说，“孩子们或多或少清楚什么是有利的，他们很少会把自己置于不利境地。”

“你这么认为？”

“我肯定，”雅克莫尔说，“否则的话，你和我，我们今天都不会站在这儿了。”

“这倒是，”克莱芒蒂娜说，“可这些孩子是多么与众不同。”

“是的，是的。”雅克莫尔说。

“我多么爱他们，”克莱芒蒂娜说，“我爱他们，所以一想到我不在他们身边时，他们在这所房子和这个花园里有可能遇到的所有危险，我就寝食不安。你不能想象有多少意外可能发生。你知道对一个像我这样深爱自己孩子的母亲，是一种怎样的考验啊。可是一座房子，有多少事情要操心，我没法随时随地看护着他们。”

“那，女仆呢？”

“她太蠢了，”克莱芒蒂娜说，“和她在一起，比让他们单独待着更危险。她太迟钝了，她离他们越远越好。再说她没有任何主见，要是孩子们在花园里挖得太深，挖到一口油井，石油喷出来淹死他们，她肯定会束手无策。你能想到我的恐惧吗？噢！我爱他们！”

“确实，”雅克莫尔说，“我发现你的担心面面俱到。”

“还有其他让我头疼的事，”克莱芒蒂娜说，“他们的教育。一想到要把他们送去村里的学校，我就浑身发抖。当然，绝对不能让他们独自去上学，但我不能让这个姑娘送他们去上学，他们肯定会遇到意外。我得自己去，你也可以偶尔替我去，如果你答应我足够当心的话。哦不，算了，我想还是我自己去吧。瞧，现在还没到太操心他们上学问题的时候，他们还小。在我还没想清楚他们将会面临怎样的危险时，一想到他们会走出花园，这足以让我发疯。”

“请个家庭教师。”雅克莫尔说。

“我也想过，”克莱芒蒂娜回答说，“不过我承认我会嫉妒，这的确很蠢，但我不能忍受见到他们依赖除我之外的其他人。所以，如果这是个优秀的家庭教师，他们肯定会很依恋他；如果是个糟糕的老师，我则不打算把孩子交到他手里。总之，我对学校没信任感，但好歹还有小学老师在。如果家庭教师出了问题，那就一点办法都没有。”

“神甫通常是传统的家庭教师……”雅克莫尔说。

“我不怎么信教，我看不出为什么要让我的孩子去信教。”

“跟随这位神甫，我觉得他们不会有什么风险，”雅克莫尔说，“他对宗教的观念很健康，不会带来多少神的召唤。”

“但神甫不会挪窝的，”克莱芒蒂娜指出，“问题仍然存在，他们还是得去村里。”

“可是，你好好想想，”雅克莫尔说，“这条路上几乎没有汽车经过，或者很少。”

“这就是问题所在，”克莱芒蒂娜说，“很少汽车经过，所以大家都掉以轻心，偶尔有汽车经过时，那才更危险呢。想想我就浑身发抖。”

“你说起话来像圣－德里[①]。”雅克莫尔说。

“你不用嘲笑我，”克莱芒蒂娜说，“说真的，除了我自己来回接送他们去学校，我找不出其他解决办法。有什么办法呢，谁让我们爱自己孩子，我们需要做出牺牲。”

“当你把他们扔下，忘记给他们喂奶，自己跑去攀岩时，他们并不怎么需要你。”

“我不记得曾经那么做过，”克莱芒蒂娜说，“如果我那么做了，那肯定是因为病了。反正，轮不到你来这么说我，你很清楚那时候安热尔还在家的。仅仅是他的存在就足以让我失控。但现在事情有了变化，我必须独自为他们的教育负责。”

---

① 原文Saint-Delly，法语中似乎没有这个圣人，可能是来自英语的daily-saint（每日圣人），本书中有大量类似的文字游戏。

“你不担心把他们弄得太依赖你吗？”雅克莫尔有点生气地问。

“再正常不过了吧？这些孩子代替了我的一切，他们是我存活于世的唯一理由。同样，他们理应在任何情况下依靠我。”

“不管怎么样，”雅克莫尔说，“我觉得你夸大了危险……因为此刻你就可以发现到处是危险；比如……我很惊讶你让孩子们玩纸片，那些纸，他们很有可能割破手指。假设给这些纸打包的那个女人正打算毒死她家人，用这沓纸的第一张，称过砒霜的总量。这张纸很可能被污染了，所以很危险……你其中的某个孩子一碰这张纸就会中毒，而你必须跟在后面舔他们的伤口。”

她想了一下。

“你知道吗，”她说，“动物就是这样对待它们的幼崽……也许一位称职的母亲也应该这么做……”

雅克莫尔看着她。

“我想你是真的爱他们，”他很严肃地说，“说到底，仔细想想的话，那个砒霜的事也不是完全不可能。”

“这太让人崩溃了。”克莱芒蒂娜撑不住了。

她开始哭泣。

“我不知道该怎么办……我不知道该怎么办……”

“别着急，”雅克莫尔说，“我会帮你的，我刚刚意识到这是个棘手问题，但肯定能找到办法。你先上楼休息一下吧。”

她离开。

“这就是一种激情。”他边想边往外走。

他很想体验这种激情，就算体验不到，但总可以观察。

然而他有一个尚未完全捕获的念头撩拨着他。一种模糊的想法，不确定的念头。无论怎样，了解孩子们的想法肯定是件很有意思的事。

不过还不着急。

十三

10–12 月 7 日

他们在母亲房间窗口外的草地上玩耍，她越来越不能忍受他们稍稍远离。

此刻，她正观察着他们，通过他们的动作猜测他们的想法。乔埃尔看上去不如平时活络，拖拖拉拉勉强跟上大家。过了一会儿，他站起来摸摸自己的短裤，看着兄弟们。他们围着他蹦蹦跳跳，仿佛他说了什么可笑的话。乔埃尔用拳头擦着眼睛，看得出，他在哭。

克莱芒蒂娜很快从房间出来，走下楼梯来到草地上。

"你怎么啦，小宝贝？"

"肚子痛！"乔埃尔抽泣道。

"你吃了什么？那个蠢女人肯定给你吃了不好的东西。我可怜的小天使。"

乔埃尔叉开双腿站在那里，捂着肚子终于说出来：

"我拉裤子了！"他大哭起来。

西特罗昂和诺埃尔露出一副不屑的神态。

"他还像个小毛头！"西特罗昂说，"他把屁屁拉在裤子里！"

"小毛头！"诺埃尔说。

"行了，"克莱芒蒂娜说，"你们就不能对他友好点儿！这不是他的错。来，亲爱的，来。我给你换上漂亮的干净短裤，再喝上一汤匙止痛糖浆。”

西特罗昂和诺埃尔有些惊讶也有些羡慕。

乔埃尔快步跟在克莱芒蒂娜身后，很受安慰。

“真恶心，”西特罗昂说，“他把屉屉拉在裤子里，妈妈却给他喝糖浆。”

“对，”诺埃尔说，“我也要喝。”

“我要拉拉看。”西特罗昂说。

“我也要拉。”诺埃尔说。

他们用尽力气迸大便，脸都发紫了，可什么也没拉出。

“我不行，”西特罗昂说，“我只憋出一点尿尿。”

“算了，”诺埃尔说，“我们没有糖浆，不过我们把乔埃尔的小熊藏起来吧。”

“吔？”西特罗昂有些吃惊诺埃尔居然讲了这么长的一句句子。

“好主意，但要藏在他找不到的地方。”

诺埃尔绞尽脑汁地，脑袋东扭西转，费劲地寻找。西特罗昂也没闲着，开动小脑筋。

“看！那边！”他说。

那边是女仆在空地上拉铁丝晾衣服的地方。拉住铁丝的白色柱子边上有一把梯子。

“我们可以把熊藏到树上，”西特罗昂说，“我们可以站到居勒布朗的梯子上。快点，趁他还没回来！”

他们飞快奔过去。

“可是，”诺埃尔气喘吁吁地说，“他还是能找到的。”

“不，”西特罗昂说，“你知道吗，我们两个能搬得动那个梯子，他一个人不行。”

“真的吗？”诺埃尔问。

“你看着。”西特罗昂说。

他们来到梯子边，梯子比他们从远处看见的要大许多。

“小心别让梯子倒下来，”西特罗昂说，“倒下了，我们可扶不起来。”

“哎哟嗨。”他们拖着梯子走远。

“哎，好重！”诺埃尔走了十米后抱怨道。

“快点，”西特罗昂说，“她要回来了。”

十四

“好了！”克莱芒蒂娜说，“这样一来你就干干净净的了。”她说着把一团棉花扔进便桶。乔埃尔站在她前面，背对着她。她跪在地上，刚刚把他擦拭干净。她有些迟疑地对他说：

“撅起屁股，小甜心。”

乔埃尔弯下腰，手撑住大腿。她小心地捧着他的屁股，身体略微后退便开始舔舐，舔得十分仔细和认真。

“你干什么，妈妈？”乔埃尔吃惊地问。

“我帮你舔干净，亲爱的，”克莱芒蒂娜停下舔舐回答道，“我要让你像猫崽或狗崽那么干净。”

这没什么难为情的，本质上，这是很自然的一件事。雅克莫尔那个傻瓜，竟然连这都不明白，这是最基本的道理。至少现在这样，她可以肯定他们不会染上什么坏东西。因为她爱他们，她所做的无不是为他们好。说到底，或许她更应该用这种方式舔遍他们全身。

她站起来，轻轻推了推乔埃尔，若有所思。这倒是个新思路。

“去找兄弟们玩吧，小亲亲。”她说。

乔埃尔一溜烟跑开了。走下楼梯，他用手指摸摸屁股缝那儿的短裤，有点湿。他耸耸肩。

克莱芒蒂娜慢慢走回自己房间。其实那味道可真不怎么样，咬几口牛排能让她好受点。

用这种法子舔遍他们全身，对。

因为她常想，给他们洗澡是件相当危险的事。只要一不小心，比如说大人一转身，弯腰去捡一块滑落到台盆柱后面的肥皂。而此刻，水管里正好产生一股巨大的超压，因为一块炽热的陨石突然掉到水库，成功进入主要的供水管道，因为滚得太快，没来得及爆炸。但一旦被卡住，水管里的水受热产生蒸汽，形成一股巨大的冲击波（冲击波，这个名词，真好听）迅速扩散开。这样水流量当然比平时多得多，以至弯腰去捡块肥皂的工夫（另外，卖这种椭圆形滑溜溜的肥皂简直就是一种罪行，它太容易滑出手掌，飞到不知哪里，甚至掉入水中，把细菌送到孩子们鼻子里），水汹涌而出，水面突然抬高。孩子们惊慌失措，大口呛水，透不过气（完全可能被呛死），小脸变得发紫，窒息。

她擦擦额头的冷汗，关上橱柜的门，什么也没吃。床，床，她需要她的床，立刻。

十五

乔埃尔有些憋屈地来找兄弟们。他们手握铲子挖地，什么话也没说。

“你觉得我们能挖到蓝鼻涕虫吗？”诺埃尔问西特罗昂。

乔埃尔感兴趣地抬起头。

“不，”西特罗昂说，“我跟你说这是很少见的。”

五亿条里才能碰到一条。

“简直胡扯。”乔埃尔说，他生气地继续挖掘。

“好遗憾他吃了鼻涕虫，否则的话，我们可能正在天上飞呢。”

“幸亏那是他的熊，”诺埃尔说，“我的小熊要是走了，我会难过的。”

诺埃尔毫不掩饰地抱紧自己的玩具熊。

“我的宝宝！”他温柔地喃喃道。

乔埃尔一直低着头，专心地对付着一堆碎石。

有关玩具熊的暗示让他心头一颤，他的小熊哪里去了？他不想抬头，但用眼角余光四处扫射。

“他看上去不高兴。”诺埃尔取笑道。

“糖浆不好吃？”西特罗昂讽刺地问。

乔埃尔不理他们。

“他身上还是很臭，”诺埃尔说，“所以普瓦洛加[1]要离开，一点儿也不奇怪。”

乔埃尔很清楚，如果他开口回答，他的声音是颤抖的，他不愿意。泪水渐渐模糊他的双眼，他有点看不清手里的东西，但仍专心挖着石头。突然，他忘了玩具熊，忘了兄弟，忘了周边的一切。

一条极漂亮的，最纯净钴蓝色的鼻涕虫正贴着一块刚掀开的石头爬行。乔埃尔的呼吸几乎凝固，看着它，抖抖索索伸出手指捏住虫子，悄悄送进嘴里。兄弟们的嘲笑现在对他来说就是过眼烟云。

他吞下蓝色鼻涕虫后，站了起来。

“我知道是你们把小熊藏起来了。”他很肯定地说。

“这辈子没干过这事，”西特罗昂说，“是它自己飞上去的，因为它才不想跟着一个臭烘烘的爸爸。”

“无所谓，”乔埃尔说，“我会去把它找回来。”

他很快发现了那棵树和几米外的梯子，普瓦洛加正舒服地骑在一根枝丫上，悠闲地与啄木鸟说着话。

现在，需要飞翔，他张开双臂，晃动手掌。西特罗昂这么说过的。

当他脚后跟擦过诺埃尔的鼻尖，后者一把抓住西特罗昂的胳膊。

“他找到了一条……”他嘀咕道。

“好吧，”西特罗昂说，“你看，这证明我说的有道理。”

看到乔埃尔飞过来舒舒服服停在小熊边上，啄木鸟没动窝。乔埃尔朝兄弟们喊道：

“怎么样，你们也上来吧？”声音里充满了嘲讽。

“不来，”西特罗昂说，“不好玩。”

“不啊，很好玩，嗯？”乔埃尔问啄木鸟。

---

① 乔埃尔玩具熊的名字，原文 Poirogale 是 poireau 和 gale 的组合变异，意为长了疥疮的梨。

“非常好玩，”啄木鸟应道，“不过你们知道吗，蓝色鼻涕虫，鸢尾花从里到处都是呀。”

“哦，反正我肯定会找到的，而且我们还可以用颜料把虫子涂成蓝色的……”西特罗昂说着朝鸢尾花丛走去，诺埃尔跟在后面，乔埃尔从路上追上他们，他把普瓦洛加留在树杈上。

“我们要吃好多好多条，”他说，“这样就可以飞得很高。”

“一条就够了。”西特罗昂说。

当克莱芒蒂娜出来时，看到了草坪上的梯子，她奔过去想看个究竟。她看到了那棵树和舒舒服服躺在树上的普瓦洛加。

她手捂胸口，朝花园冲过去，一边声嘶力竭地喊着孩子们。

十六

10–12 月 8 日

“我不敢说你错了，”雅克莫尔说，“但别匆忙做决定吧。”

“这是唯一的解决办法，”克莱芒蒂娜说，“我们可以从我们愿意的地方着手解决问题，没有那棵树的话就不会发生那样的事。”

“更多是那把梯子带来的麻烦吧？”雅克莫尔表示。

“当然啦，无论如何她不该把梯子留在那里，那是另一个问题，她会得到该有的惩罚。但你必须明白，如果没有那棵树，西特罗昂和诺埃尔怎么可能想到把乔埃尔的玩具熊藏起来？这棵树就是罪魁祸首。想想看他完全有可能直接爬到树上去取他的小熊，可怜的孩子。”

“可是，”雅克莫尔说，“有些人认为爬树对孩子有好处。”

“对我的孩子，对我，不是这样！”克莱芒蒂娜说，“一棵树会带来多少危险，谁知道呢。白蚁啃噬了树根，树突然就倒在你身上，或者一根枯枝断了一下子把你砸昏。或者被一道闪电击中，树就烧了起来，风一刮，火势更猛，一直烧到孩子们的卧室，他们就被烧死了！……哎呀，在一个花园里留着这些树该有多么危险呀，所以求求你，要是你愿意的话，去村里找几个人来把这些树都砍了。他们可以拿走一半，我留下另一半取暖用。”

“找谁？”雅克莫尔问。

“哦，我不知道，找那些专门修剪树枝的人，伐木工人……对，就找伐木工人。我求你去找几个伐木工人，这个很难吗？”

“哦，不难，”雅克莫尔说，“我去找，什么都不该忽视。”

他站起身，走出去。

十七

下午，那些人来了。他们带着很多铁制工具：铁针、铁钩还有火盆。雅克莫尔看到他们走进来，他刚刚散步归来，停下脚步让他们先过去。他们五个人，外加两个学徒。一个十来岁，看上去非常虚弱，佝偻着身子；另一个稍微大一点，左眼用一条黑带子缠着，一条腿可笑地扭曲着。

他们中的一个向雅克莫尔打招呼，雅克莫尔就是与他商谈的价钱。他们最后接受了克莱芒蒂娜的提议：一半树给伐木工人，一半树留在家里。如果要把留下的树砍成柴堆放到房子里面，则要另付钱。

雅克莫尔心情沉重。作为一个一降生就是成人并且没有什么记忆的人来说，对那些树不该有太多感情，但他喜欢那些树实用性的美感和无序中的一致性。他觉得同那些树很亲近，倒不一定需要跟它们说话，给它们写颂词之类的，但他喜欢阳光打在油亮的树叶上，喜欢树叶投在地上斑驳的影子，喜欢枝叶颤动时的窸窣声，喜欢酷热白天结束后大树在夜晚释放的气息。他喜欢龙榆木尖尖的舌头，喜欢巨型棕榈树堆积在一起的叶柄；喜欢桉树光滑鲜嫩的枝干，就像那些长得太快的不灵活的高个女孩，笨拙地把妈妈的香水全倒在头上，然后戴上廉价的铜制首饰。他赞赏那些看上去严厉的松树，轻轻一挠却能挠出一层芬芳的树脂；他喜爱那些粗大的橡树，像极了体格健壮毛发蓬松的大狗。所有的树，都有自己的个性、风采、特有的习性，但都是那么讨人喜欢。而现在克莱芒蒂娜却要用她匪夷所思的母爱，来证明砍伐它们的合理性。

那群人在草地中间停下，放下工具。随后有两个人拿着铁锹开始挖掘，两个小学徒握着比他们人还高的铲子，清理挖出的土方。壕沟挖得很快，雅克莫尔停下脚步狐疑地看着他们忙碌。小学徒把挖出的土在壕沟边缘堆好，仔细夯实，压成一堵结实的小矮墙。

工人们估计壕沟已经挖得够深，便停止挖掘爬了出来。他们动作缓慢，褐色的衣服沾上泥土看上去像巨大的鞘翅目昆虫正在埋葬它们的子孙。小学徒在继续清理挖出的土，他们汗流浃背不得片刻喘息，稍有懈怠，迎接他们的就是一记耳光。这时，另外三个挖土工人朝栅栏门走去，回来时推着一辆手推车，上面装了一米见长的圆木。他们把沉重的推车停在壕沟边缘，在小学徒刚刚平整好的土堆之间铺上圆木。他们一根挨一根仔细排好圆木，并在两端重重拍打几下，使圆木相互压紧。当掩体建好后，他们拿起铁铲，往上填泥土。雅克莫尔示意其中一个学徒过来。

“他们在干什么？”他朝小学徒的脚踝踢了一脚，问道，尽管他厌恶自己的做法。

“是掩体。”小学徒边说边护着自己的脸躲闪，随后一溜烟跑开，回到那群工人那里，他们才不会忘记给他派活呢。

这天没有出太阳，铅灰色的天空苍白阴沉。雅克莫尔感觉到些许寒意，但他还是想走过去看看。

掩体似乎已经搭好，五个人依次走向连接坑道的缓坡，他们都能在那里站直。小学徒连想都没想过要跟在他们后面，因为他们很清楚这么做的后果会是什么。

那些人重新走出来，从一堆工具中拣出铁钩和钉子。两个小学徒围着火盆忙碌，用吃奶的力气吹着炭火。在工头的指挥下，他们吃力地抬起烧得滚烫的炉子，跟在那些人后面朝第一棵大树走去。雅克莫尔感觉越来越紧张，这让他想起那天人们在一扇门板上折磨那匹偷腥种马的情景。

在那棵十来米高的大椰枣树脚下，他们放置第一个火炉，每人把手里的工具放进去加热。第二个火炉同样放在相邻的那棵桉树边上。两个小学徒开始吹火，他们双脚跳起猛踩一个吹气皮囊。这工夫，工头把耳朵仔细贴在椰枣树树干，这里听听，那里听听。他突然停下，在树皮上画了个红叉叉。最矮壮的那个伙计从火炉取出他的铁钩，其实也不是真的铁钩，更像一柄标枪，磨尖的枪头，烧红了在潮闷的空气里冒着青烟。他牢牢握着铁钩，以百米冲刺的速度朝树干刺去，正中那个红叉。小学徒随即飞快地把火炉搬走，另一个伐木工对着那棵桉树如法炮制。紧接着两个投标手撒腿狂奔到掩体，钻进去不见了。小学徒们挤在掩体入口，靠近火炉。

椰枣树的一簇簇叶子开始抖动，最初不易察觉，随后越抖越激烈，雅克莫尔咬住了嘴唇。一种控诉般的声响传来，如此凄厉，让人不得不捂住耳朵。椰枣树的树干开始晃动，每晃动一次，那种尖叫的频率又加快一点。椰枣树脚下的大地开始开裂，那不可思议的嘶喊，在空气中盘旋，撕裂耳膜，回响在整个花园。痛苦的叫喊声仿佛砸向天花板似的低矮云层，又折返回来。突然，树一下子从大地连根拔起，长长的树干朝掩体方向倒去。现在它在地上弹跳几下，慢慢靠近掩体，仍然发出那种令人心悸的惨叫。几秒钟后，雅克莫尔第二次感觉到脚下的大地在颤动，轮到那棵桉树轰然倒地。它，没有叫喊，只是喘气，像铁匠的风箱那样喘气。那些银色的枝条扭曲着围绕着树干，在树倒下瞬间深深插入大地，拼命想触到那个掩体。

这时椰枣树倒在圆木顶盖的一端，它挣扎着似乎想拍打那些圆木，但它的叫嚷已经轻下去很多，强度也越来越弱，越来越弱。而那棵桉树更加脆弱，首先没了动静，只有那些匕首状的树叶尚在微微颤抖。那些人走出掩体，椰枣树做了最后一次挣扎，但刚才刺中它的那个人放肆地跳到它身边，用胯撞了它一下。一切都安静了，只有一股绵长的战栗沿着灰色树干传递下去。还没等这一幕结束，伐木者已经奔向另一棵邻近的大树。

雅克莫尔的双腿仿佛被钉在了地上，脑子里倒海翻江，目不转睛看着这一切。当他看到铁叉第三次刺进那些温柔的树身时，再也无法忍受，转身朝峭壁逃去。他奔跑、奔跑，风在耳边呼呼作响，仿佛就是杀戮下的痛苦和愤怒的咆哮。

十八

10—12 月 11 日

现在，只剩下寂静。所有树都躺在地上，树根裸露。到处是巨大的树坑，花园仿佛刚被炸弹肆虐过。那些大坑就像是被掏空的脓肿，干瘪、凄凉。五个伐木工人回村里去了，留下两个小学徒收拾残枝败叶，砍成柴火堆放整齐。

雅克莫尔看着一地狼藉，只有一些低矮的花丛和小灌木幸存下来。眼睛和天空间，忽然虚无一片，光秃秃没有了树荫。右侧，传来劈柴的响声，小的那个学徒拖着一把双柄软锯。

雅克莫尔叹口气回到屋里，走上楼梯，来到二楼。他走向孩子们的房间，克莱芒蒂娜坐在那里织毛衣，陪着孩子们。屋子一角，诺埃尔、乔埃尔和西特罗昂吮着棒棒糖在看图画书，糖果袋放在他们中间。

雅克莫尔走进去。

"弄完了，树都砍掉了。"

"哦，好啊，"克莱芒蒂娜说，"那我就可以省心多了。"

"尽管这么大响动，你就一直在这里？"雅克莫尔问。

"我没怎么注意，我想砍树时有些声响是很正常的吧。"

"当然……"雅克莫尔说。

他看看孩子们。

“你在照看他们？他们三天没出过屋子了。现在没危险了，你知道的！”

“那些人干完活了吧？”克莱芒蒂娜问。

“就剩砍木柴了，”雅克莫尔说，“如果你担心，我可以照看他们，得让他们出去透透气。”

“哦，是的！”西特罗昂说，“我们和你一起去散步！”

“走吧！”诺埃尔说。

“多加小心！”克莱芒蒂娜关照道，“不能让他们离开你视线一秒钟。一想到如果你不好好照看他们，我会担心死的。”

雅克莫尔离开屋子，孩子们雀跃地跟着他。他们四个人争先恐后走下楼梯。

“小心别让他们掉到坑里，”克莱芒蒂娜还在大声叮嘱，“别让他们碰那些工具。”

“好！好！”雅克莫尔敷衍道。

一到外面，诺埃尔和乔埃尔就循着砍柴声响奔过去，雅克莫尔不慌不忙跟着，一旁陪着西特罗昂。

小的那个学徒，十来岁，正在砍一棵松树的树枝。他上下挥舞砍刀，每刀下去都有细碎的木屑迸出，并且散发出一股松脂的清香。诺埃尔找了个合适的位置出神地看着。乔埃尔站在他略靠后一点的地方。

“你叫什么？”诺埃尔看了一会儿后问道。

小学徒抬起可怜巴巴的小脸。

“我不知道，也许叫让。”

“让！”诺埃尔重复道。

“我，我叫诺埃尔，我弟弟叫乔埃尔。”

让没有回答，砍刀仍然在忧伤地一下一下砍着。

“你在做什么，让？”赶上来的西特罗昂问道。

“做这个。”让回答。

诺埃尔捡起一块碎木片，闻着。

“这个很好玩吧，你一直做这个？”他问。

“不好玩。”让说。

“你看，”西特罗昂说，“你能把口水吐得那么远吗？”

让无动于衷地看了一眼，一米五。他试着吐了一口，有两倍远。

“哇。”诺埃尔说。

西特罗昂真诚地赞叹道：

“你吐得好远啊。”声音里满是钦佩。

“我哥哥能吐四倍远。”让说。他在家里从没被人称赞过，有些不习惯，便把这些夸奖引到一个更值得夸的人身上。

“这样啊，”西特罗昂说，“那他一定吐得很远很远！”

只剩下一点树皮还连着树枝和树干，一刀下去，树枝应声落地，借着弹力直立起来复又扑地倒下。让缩回手。

“小心！”让说。

“你好厉害！”诺埃尔说。

“哦，这不算什么，我哥哥比我厉害多了。”让说。

不过他接下去砍树枝时动作便有了些夸张，迸出大块的碎片。

“看。”西特罗昂对乔埃尔说。

“他几乎一刀就能砍下树枝。”诺埃尔说。

“是啊。”西特罗昂说。

“几乎一刀，但还不是一刀。”诺埃尔纠正道。

“我愿意的话，就能一刀砍断。”让说。

“我信哦，”西特罗昂说，“那你有没有过一刀砍下一棵树呀？”

“我哥哥砍过，”让说，“一棵真正的树。”

很明显他有些兴奋。

“你住在村里吗？”西特罗昂问。

“是的。”让回答说。

“我们有一个花园，”西特罗昂说，“这很有意思。村子里有像你一样厉害的男孩吗？”

让犹豫片刻，到底是个诚实孩子。

“有啊，有一堆呢！”

“不过你，至少有九岁了吧？”

“十岁。”让纠正道。

“你觉得我到了十岁，是不是也能砍树了？”西特罗昂问。

“我不知道，”让说，“对不会砍树的人来说，有点难。”

“你可以借我这个吗？”

“什么？我的砍刀吗？”让问。

“对，你的砍刀。”西特罗昂说，他挺喜欢砍刀这个词。

“试试吧，”让大方地说，“不过很重的。”

西特罗昂满怀敬意地举起砍刀，让趁机朝掌心吐了几口吐沫。西特罗昂见了，有些厌恶便把砍刀还给他。

“你为什么往手上吐吐沫？”诺埃尔问。

“大家都这样做，”让说，“可以让手变硬。”

“那你说我的手也会变硬吗？”西特罗昂问，“也许会变得和木头一样硬！……”

“我不知道。”让说。

他又开始干活。

“你有没有在你的花园里挖过鼻涕虫？”西特罗昂问。

让吸吸鼻子琢磨着这问题，接着使劲咳出一团绿色的浓痰，咳得惊人地远。

“噢，你看见了吗？”诺埃尔问。

“看见了。”西特罗昂说。

他们觉得很有趣，在地上坐了下来。

“我哥哥挖到过死人骨头。”让边挖坑边说。

他们听着但不再那么入迷。雅克莫尔站在一边，看着这滑稽的四人组合，有些困惑。

十九

10—12 月 27 日

他被惊醒，有人在敲门。还没等他答话，克莱芒蒂娜冲了进来。

“你好。”她失魂落魄，一脸惊慌。

“出了什么事？”雅克莫尔不解地问。

“没事！”克莱芒蒂娜说，“说起来不好意思，我做了个噩梦。”

“又梦到出意外了？”

“不是，梦到他们离开了花园，这让我心神不宁。”

“你回去睡觉吧，”雅克莫尔在床上坐下说，“我来处理这事。”

“怎么处理？”

“别担心。”

她看上去安静了点。

“你是说你能为他们的安全做点什么？”

“是的。”雅克莫尔说。

她仍有点茫然，她希望这次他能拿出点具体行动。

“回去睡觉吧，”他又说了一遍，“我先穿衣服，等事情处理好了我立即来找你。他们已经起床了吧，我想？”

“他们在花园里。”克莱芒蒂娜说。

她带上门走了出去。

二十

“不是这样的，是这样。”西特罗昂说。

他趴在草地上，四肢悄悄用力撑起身体，离地面大概 30 厘米，接着前蹿 10 厘米，翻了一个威严的筋斗。

“别翻太高，”诺埃尔提醒说，“别超过那些矮树丛，否则他们会看到我们。”

乔埃尔也想试一下，但翻到一半翻不过去，只好放弃。

“有人来了！”他一落到地上，马上低声喊了一句。

“谁？”西特罗昂问。

“是雅克莫尔叔叔。”

“我们玩石头吧。”他弟弟指挥说。

他们三个都坐下来，手里拿着小铲子。如他们预见，雅克莫尔在几分钟后出现了。

“早上好，雅克莫尔叔叔。”西特罗昂招呼道。

“早上好，叔叔。”乔埃尔招呼道。

“早上好，”诺埃尔说，“和我们坐一起吧。”

“我来和你们聊聊天。”雅克莫尔找个地方坐下说。

“你要我们对你说些什么呀？”西特罗昂问。

“我的天，各种事都可以呀，”雅克莫尔说，“你们在玩什么呢？”

“我们在找小石块。”西特罗昂说。

“这很有趣。”雅克莫尔说。

“很好玩，”西特罗昂说，“我们每天都玩。”

“我昨天去村里的时候，在路上看到很多漂亮石头，”雅克莫尔说，“当然，我没法带给你们啦。”

“没关系，这里到处是石头。”

“就是。”雅克莫尔承认道。

一阵沉默。

“路上还有许多其他好玩的东西。”雅克莫尔不经意地说。

“对呀，”西特罗昂说，“到处都有好东西呢，我们透过栅栏看见的，我们可以看到整条路，一直看到拐弯的地方。”

“哦，是吧？”雅克莫尔问，“拐弯以后呢？”

“哦，拐弯以后，应该还是同样的东西吧？”

“拐弯后，再过去一点就是村子。”雅克莫尔说。

“村里有像让一样的男孩吗？”西特罗昂问。

“是呀。”

西特罗昂显得有点厌恶。

“他朝自己手心吐吐沫。”他说。

“他要干活。”雅克莫尔说。

“干活的人都要朝手心里吐吐沫吗？”

“当然啦，”雅克莫尔说，“这是为了不让手心长茧子。”

“村里的孩子也在一起玩吗？”乔埃尔问。

“等到可以玩耍的时候，他们会在一起玩。可大多数时候他们要干活，不干活，人家要打他们。”

“我们，我们可以一直玩。”西特罗昂说。

“还有，做弥撒。”雅克莫尔说。

“弥撒是什么？”诺埃尔问。

“嗯，就是一群人在一个大房子里，然后有个人，就是神甫，穿着漂亮衣服，对大家讲话，最后人家朝他脸上扔石块。”

“你说的事好奇怪。”乔埃尔观察道。

“就这些吗？”西特罗昂问。

“不一定，”雅克莫尔说，“比如昨天下午，神甫搞了一场精彩的表演。在一个舞台上，他戴着拳击手套跟圣器管理人打架。他们的拳头挥来挥去，最后所有人都打起来了。”

“你也打了？”

“当然啦。”

“舞台是什么？”乔埃尔不解地问。

“就是用木板搭起来的一个高台，好让所有人看得见，四周的人坐在椅子上。”

西特罗昂沉思着。

“那除了打架，村里人还做别的事吗？”他相当困惑地问。

雅克莫尔有点吃不准。

“这个，总的来说，不做别的。”

“那，我觉得我们还是待在花园里更好。”西特罗昂说。

雅克莫尔不再犹豫，问道：

“总之，你们不再想要出去？”

“一点都不想，”西特罗昂说，“我们已经在房子外面了，再说，我们不打架，我们有别的事要做呢。”

“什么事？”雅克莫尔问。

“嗯……”西特罗昂看看哥哥们。

“找石头。”他最后总结说。

他们重新埋头挖小石子，那意思分明在说：别烦我。雅克莫尔站起身。

“大树没有了，你们不觉得有点儿难过吗？”临走之前，他又问了一句。

“哦，大树很美的，”西特罗昂说，“不过还会再长出来的。”

“那要是想爬树呢？”

西特罗昂没有回答，诺埃尔替他回答：

“爬树呀，我们这个年纪不玩这个了。”

雅克莫尔心情复杂地走远了，没有再回头。如果回头，他就可以看见三个小小的身影一下子飞向天空，躲到一片云彩后面，无拘无束地大笑。大人们提的问题，真是太滑稽了。

二十一

10–12 月 28 日

雅克莫尔大步往回走，弓着背，撅着山羊胡子，眼睛看地。现在他表现出一种不透明的质地，也相应感觉到了自己被物质填满。他的精神分析进展顺利，次数增加，剩下的次数肯定不多了。雅克莫尔有些担心，想着该如何结束。他做了不少，说了不少，也把拉格罗伊那点内存全挖了过来，再也榨不出什么东西。他活生生拥有的只是自己的回忆和体验，无法把拉格罗伊的回忆和体验整合到自己身上，无法完全整合。

罢了，罢了，他对自己说。尽管流年空逝，大自然依然鲜活而美丽。我最喜欢 10–11 月的气候，被海风沐浴的 10–11 月，金色的 10–11 月，成熟的 10–11 月。黑色坚硬的树叶，黑莓红色的倒刺，天边飘逸的云彩，镶着金边，多么美丽；柔软褐色的大地，温暖，为什么要忧虑，正疯狂。这一切将很快平复。啊！这条路为何如此漫长！

一队南飞的灵鸥[①]展翅翱翔，他不禁抬头仰望，因为耳边传来振翅的声音。这场和谐的合唱非常有趣，领头鸟儿发出的是低音，中间的鸟儿是高音，其他鸟儿则分担了属音与导音，还有些鸟儿尝试更精

① 原文 maliette 是维昂创造的一个词，为了与一般的海鸥有区别。

妙的装饰音或减音。所有鸟儿同时起飞又同时停下，间隔时间却不尽相同。

灵鸥的习性，雅克莫尔心想。有人会去研究它们吗？有人能描述它们吗？需要写一本厚厚的书，找最出色的动物画家，用饱满的热情在纸上描绘它们。灵鸥呀灵鸥，人们对你是多么无知！有谁抓到过这种烟灰色、有着红尾巴和月牙般眼睛、小老鼠般轻细叫声的小鸟？即便是轻柔的手指触碰到你那不可触摸的羽毛，你也会立即死去。你会因为任何细小的原因而死去：当人们看你的时间太长，当人们看着你笑，当人们朝你背转身，当人们摘下帽子，当夜色姗姗来迟，当夜幕过早降临。温柔而纤细的灵鸥，它的心脏占据了全部体内，而别的鸟儿只是由普通器官占据。

也许别人不像我这样看待灵鸥，雅克莫尔心想。也许我所见也并非如我所说，然而，有一事很明确，即使人们没有看到灵鸥，也要装着看见。再说，它们是那么显眼，错过它们，那该多么可笑。

我越来越认不清脚下的路，这是肯定的，因为我对它熟视无睹。人们总以为对越熟知的事物，越深谙其美，可能我并非如此。也许这种熟悉给我自由去发现其他事物，比如发现了灵鸥。所以应该纠正一下：我们对无关痛痒的事物感觉美，因为可以用我们中意的事物来代替。也许我在这里不该用第一人称复数“我们”（见上文），而是用——我觉得……

嗨，嗨，我突然变得多么深刻和精练，雅克莫尔心想。可谁会相信呢？嗯，谁信？至少，这最后的结论证明我有不寻常的见解。没有什么比出色见解更富有诗意了。

灵鸥飞来又飞去，总是在意想不到的时候来一个大转弯，在天空画出优美的图案。盯着看久了，这图案便在视网膜上留下印迹，可以分辨出是笛卡尔曲线还是其他一堆不同曲线，包括被人称为心脏线的曲线。

雅克莫尔一直看着灵鸥，它们越飞越高，呈螺旋形盘升，直到看不清它们飞翔的轨迹。现在，它们成了一些黑色小点，随意排列，整体移动。雅克莫尔看着它们从太阳前面飞过，他被阳光晃花了眼睛。

突然，他看到大海方向有三只比较大的鸟，飞得太快，无法分辨是哪种鸟。他手搭凉棚希望看得更真切，但那三只飞翔的生灵已经一闪而过，随后在一块岩石后再度出现，划出一道惊心动魄的弧线，冲天而去。它们一个紧跟着另一个，一直用惊人的速度飞行。它们翅膀扇动的频率如此之快，几乎看不清形状。三个纺锤形的细长影子，动作几乎完全一致。

三只大鸟，朝灵鸥的队形冲过去。雅克莫尔看呆了，停下脚步，心跳加剧，有一种无法解释的激动，也许是因为这些新来的鸟灵巧优美的姿态，也许是担心它们去攻击灵鸥，也许是因为它们飞行中的默契和步调一致。

它们飞过一个陡峭的崖角，沿着一道无形的斜坡迅速上升，速度之迅捷令人喘不过气。燕子也跟不上它们的速度，雅克莫尔心想。这应该是一种体形较大的鸟，因为距离遥远，他无法对它们的体形做出正确判断，但它们飞向天空的姿态远比灵鸥有力和干脆。它们现在几乎消失在了视线尽头，仿佛一枚钉在天幕上的大头针。

二十二

10–12 月 28 日

白日变短了，克莱芒蒂娜寻思。白日变短意味着冬天和春天的临近，这样的季节蕴藏着无尽的危险。新生的危险在夏天已见端倪，令人心惊，只是此刻细节还不甚明了罢了。当白日变短，当树叶飘落，当大地潮湿阴冷，连绵阴雨的寒冷 11–1 月会给多少地方带来多少麻烦：雨水冲刷农田，雨水填满沟壑，乌鸦雀跃。雨会突然结成冰，西特罗昂染上了支气管肺炎，接着咳嗽，咳出血。忧心忡忡的母亲守在床头，心痛地俯身看着他苍白瘦弱的小脸蛋，无暇顾及其他孩子。其他孩子趁机跑出屋子，也不穿雨靴，这回轮到他们着凉得病。每人还得了不同的病，无法同时治疗。大人们不得不从一间屋子到另一间屋子疲于奔命，脚底磨出血泡。在冰冷的砖地上拖着渗血的双脚，端着药盘从一张床忙碌到另一张床。三个房间的病菌本来各不相同，却在空中飘浮相遇，形成邪恶的合聚体，变成肉眼可见的病菌，有着可怕的特性，可引发淋巴结肿胀，形成一串串可怕的松软念珠似的淋巴结，分布在孩子们的关节里。失去张力的淋巴结一破裂，病菌四处扩散。就是这样，这就是 10–11 月灰色天空下淫雨带来的后果，还要伴随着 11–1 月的寒风。啊，风！虽然现在的寒风再无树枝可刮断，砸到无辜者头上，但倘若风来报复呢？狂风掠过海面，刮起阵阵海浪，海浪升腾又摔到露出水面的礁石，而某一股海浪中夹杂了细小的贝壳。乔埃尔正在看着海浪（海浪只是轻轻擦过），贝壳掉进他眼睛里，掉进去立刻又掉出来，他用衣袖擦擦眼睛，并无大碍，只有难以察觉的一点擦伤。然而一天天过去，伤口却慢慢扩大。乔埃尔，我的天，他的眼珠子呈蛋白样浑浊，就像那些老盯着火焰的老头们的眼睛。另一只眼睛，受着隐性的伤害，仰望天空，浑浊无光。乔埃尔，我的天哪，变成了瞎子……撞击到岩石上的浪花越来越高，脚下的地却像一块糖，在浪涛的浸泡下融化，随即崩塌。而西特罗昂和诺埃尔，老天爷，小小的身体陷在泥浆里像一条僵硬的小虫，只浮起来一下，立刻又沉下去。泥浆，哦，泥浆灌满了他们的口腔，因为他们在叫喊，喊人来救命！……

整幢房子里回荡着克莱芒蒂娜的尖叫声，她疯了似的冲下台阶带着哭腔朝花园里喊着孩子们的名字，没有回应，只有铅灰的天空和远处传来的波涛声。她发狂般一路狂奔到峭壁，转念又想他们可能正在睡觉，遂又折返往家里走，走到一半又生出另一念头，转而拐到水井处，看看厚实的橡木井盖是否完好。她上气不接下气地跑回家里，登上台阶，从房间、地窖、阁楼悉数看了个遍，一直带着哭腔焦急地呼唤着孩子们。最后凭着直觉，她跑向栅栏门，门是开着的。她朝门外的小路冲过去，走到五十米开外，碰见正从村子里回来的雅克莫尔。他走得很慢，仰头看着天，沉浸在对飞鸟的凝望中。

她从背后一把抓住他。

“他们在哪儿？他们在哪儿？”

雅克莫尔吓了一跳，完全出乎意料。

“什么？”他问，努力把视线拉回到克莱芒蒂娜。

阳光刺眼，她在他面前不停地眨着眼睛。

“孩子们！栅栏门是开着的！谁打开的？他们出去了！”

“不，他们才不会出去呢，”雅克莫尔说，“栅栏门是我出去时打开的，如果他们也出去了，我会在路上碰见他们的！”

“是你！”克莱芒蒂娜咆哮道，“该死，就是因为你，他们现在失踪了！”

“他们才不会呢！”雅克莫尔说，“不信，你可以自己去问他们，他们压根儿没想离开花园。”

“那是你说的！难道你不觉得我的孩子足够聪明，只是在骗骗你吗？……来！快走！……”

“你到处都找过了吗？”雅克莫尔拽住她的袖子问。

“到处都找过了，连井边也找过。”克莱芒蒂娜哭着说。

“这个，有点麻烦。”雅克莫尔说。

他机械地最后一次抬头看天，三只黑色大鸟停止了与灵鸥的嬉戏，飞向地面。某一瞬间，他觉得看见了真相，一秒钟后又抛弃这想法——纯属幻觉，疯狂的念头——它们能飞到哪儿去呢？他明明一直盯着它们的：它们突然就消失在了悬崖后。

他走在前面，克莱芒蒂娜抽泣着紧跟在后面，走进栅栏门后，她不忘把门关上。他们来到房子前，西特罗昂正从楼梯上走下来。克莱芒蒂娜像头野兽一样扑向他。雅克莫尔有点感动，偷偷看着她。克莱芒蒂娜结结巴巴几乎说不出话，搂着孩子，不停追问。

“我和诺埃尔、乔埃尔在阁楼上一起看旧书呢。”当克莱芒蒂娜终于让他开口说话时，西特罗昂解释道。

诺埃尔和乔埃尔也从楼梯上下来，他们涨红着小脸，神情兴奋，仿佛有一种自由的气息环绕着他们。诺埃尔慌不迭地把一团云朵似的纤维往口袋里塞，还露了一点在外面，乔埃尔笑看着哥哥的笨拙。

直到晚上，她一步也没离开过他们，不停宠溺他们，又是眼泪又是拥抱，仿佛他们刚刚躲过了某个专以人做祭品的火神。她陪在他们蓝色的小床边，直到他们进入梦乡才悄悄离开。现在，她来到二楼，敲开雅克莫尔的房门，絮絮叨叨了一刻钟。雅克莫尔善解人意地默默听着。等她离开，他调好闹钟，明天一早他要去村里请工人。

二十三

11-1 月 67 日

“快来看。”西特罗昂对乔埃尔说。

他是第一个听到栅栏门那边有响动的。

“我不想过来，”乔埃尔说，“妈妈会不高兴的，她又要哭了。”

西特罗昂劝他说：

“没问题的呀。”

“不，”乔埃尔说，“她一哭，就会用湿漉漉的脸来亲我们，太恶心了，还有点热热的。”

“我无所谓。”诺埃尔说。

“反正，她又能怎么样呢？”西特罗昂说。

“我不想让她伤心。”乔埃尔说。

“她不是伤心，”西特罗昂说，“这样哭着拥抱、亲吻我们，她会觉得很有趣。”

诺埃尔和西特罗昂勾肩搭背地走远了，乔埃尔看着他们。工人干活期间，克莱芒蒂娜当然禁止他们接近那些工人。

不过现在这个时候她通常在厨房里忙碌，炸土豆的声音，平底锅做菜的声音，使她听不见别处的声音。再说了，去看看工人们干活，不与他们说话，应该没什么了不得。诺埃尔和西特罗昂这会儿在做什么呢？

乔埃尔没有飞行，而是改成奔跑去追赶兄弟们。他跑得太快了，在小路转弯处几乎跌倒。他站站稳，继续上路，不禁独自笑起来，现在竟然不会走路了。

西特罗昂和诺埃尔甩着手，并排站在那里。一米开外的地方，本来应该矗立着花园围墙和金色的栅栏，现在西特罗昂和诺埃尔面对的却是一片空无。他们十分吃惊。

"它去哪儿了？"诺埃尔问，"围墙跑哪儿去了？"

"我不知道。"西特罗昂嘟哝道。

什么都没有了，那是一种干脆彻底的虚空，一切都被铲除了，天空变得更加高远。乔埃尔困惑地走到诺埃尔身边。

"发生了什么事？工人们移走了原来的围墙？"他问。

"肯定是的。"诺埃尔回答。

"什么都没有了。"乔埃尔说。

"这是什么？"西特罗昂问，"它们到底做了什么？这个没有颜色，也不是白的，也不是黑的，这到底是什么？"

他走上前。

"别碰，"诺埃尔说，"西特罗昂，别瞎碰。"

西特罗昂犹豫着伸出手，快要触到那虚空时，停住了。

"我不敢。"他说。

"原来栅栏门的地方现在什么都看不见了，"乔埃尔说，"以前可以看到一截路和田野的一角，你还记得吗？现在什么也看不到了。"

"就像我们闭上了眼睛，"西特罗昂说，"可我们的眼睛明明是睁着的，现在还能看见的只剩下花园了。"

"就像花园是我们的眼睛，"诺埃尔说，"如果真是这样，这就是眼皮。不是黑的，不是白的，没有颜色，就是虚空。这是一堵虚空的墙。”

“对，”西特罗昂说，“肯定是这样的，她找人造了一堵空墙，为了让我们不再想着走出花园。这样，花园外的世界就是一片空，我们去不了。”

“可是，什么都没有了吗？”诺埃尔说，“只剩下天空了吗？”

“对我们足够了。”西特罗昂说。

“我觉得他们还没全干完呢，”乔埃尔说，“我听见有敲锤子的声音，还有人在说话。我以为要去看他们干活，可我觉得不好玩，我找妈妈去。”

“可能他们还没砌完整堵墙呢？”诺埃尔说。

“去看看。”西特罗昂说。

诺埃尔和西特罗昂扔下他们的兄弟，沿着原来围墙边的小路出发，现在这条路围成一个环形，圈住了他们的新世界。他们飞得很快，贴着地面，从低矮的灌木丛中飞过。

来到靠近峭壁的那一侧，西特罗昂猛然停下。他们面前是一堵长长的石砌旧墙，墙上爬满绿色植物，仿佛戴上一顶绿色的风帽，昆虫嗡嗡飞舞着。

“看那堵墙！”西特罗昂喊道。

“噢，快看！”诺埃尔说，“我们看不到上面的墙了。墙面慢慢消失，像变魔术一样。”

“他们把墙下移到前面去了，”西特罗昂说，“他们正在移最后一段，我们再也见不到这堵墙了。”

“如果愿意，我们可以去另一侧看看。”诺埃尔说。

“哦，没必要去看了，”西特罗昂说，“反正我们现在跟鸟儿一起玩更有意思。”

诺埃尔没说话，他显然同意，没什么可多说。现在，下面的墙也不见了。他们听见工头在派活，听见锤子敲打的声音，然后是一阵舒适的静默。

急促的脚步声从工地那边传来，西特罗昂转过身，克莱芒蒂娜正匆匆走来，身后跟着乔埃尔。

“西特罗昂、诺埃尔，快来，小宝贝们。妈妈做了好吃的蛋糕，快来，谁第一个亲我，谁就可以吃最大的那块。”

西特罗昂仍待在小路上，诺埃尔朝他挤挤眼睛，然后扑向克莱芒蒂娜的怀抱，装着很害怕的样子。她紧紧搂住他。

“发生了什么事，小心肝。你看上去很伤心，谁欺负你了？”

“我害怕，”诺埃尔喃喃道，“围墙不见了。”

西特罗昂很想笑出来，他哥哥可真会演戏！

乔埃尔嘴里含着一块糖，安慰诺埃尔道：

“这没什么呀，我，我才不怕呢。现在的这堵墙比原来的更好看，我们在花园会更开心。”

“哦，小心肝，”克莱芒蒂娜说着越发搂紧诺埃尔，“你觉得妈妈会做让你们害怕的事吗？来吧，我们去吃点心。”

她朝西特罗昂挤出一丝笑容。他看见她嘴唇在颤抖，摇头表示不。当她开始哭泣时，他好奇地看着她，随后耸耸肩，终于向她走过去。她神经质地一把抱紧他。

“坏蛋！”乔埃尔说，“你又惹妈妈哭了。”

他用肘子狠狠撞了西特罗昂一下。

“哦不。”克莱芒蒂娜说，声音里带着哭腔。

“他不是坏蛋，你们都很好，你们三个都是我的心肝宝贝。来吧，快来，去看看我们的漂亮蛋糕。”

乔埃尔开始奔跑，诺埃尔紧随其后。克莱芒蒂娜牵着西特罗昂的手，拖着他走。他随她牵着，目光却有些冷峻。他不喜欢她痉挛的手指抓着自己的手腕，这让他感觉不自在。他也不喜欢眼泪，只是因为可怜她才勉强贴着她。但这种可怜又让他觉得羞愧和不安，就像上次他未敲门闯进女仆房间，看见她正光着身体在一个水盆前，肚子上长着毛，手里拿着一个染成红色纸巾时的感受。

二十四

12–3 月 79 日

再也没有树了，克莱芒蒂娜心想。没有了树，加上牢固的围栏，虽然这两件事算不上大，却能带来意想不到的功效。从此，各种各样会夺人小命的潜在危险可以抛在脑后。孩子们多么漂亮，健康成长，脸色红润，那是因为他们喝烧开的水，因为有无数预防措施。我做好了一切保护措施，他们怎么可能不健康呢？不过永远不能掉以轻心，要继续保持警惕，继续。在高处和隐匿空间，在地面，还隐藏着多少危险！地面。腐烂、病菌、污秽，都来自地面。必须隔离地面，用一种密封的材料把地面与围墙连接起来，隔绝一切危险。这些绝妙的围墙，这些虚无的围墙，无法触碰的围墙，能最理想地隔绝外界，保持纯粹。要造一块类似的地坪，一块抹去地面的地坪。还剩天空可以让他们眺望……天空一点也不重要。当然，空中也会降落一些危险。我并非小觑来自天空的巨大危险（我不认为暂缓处置这些危险，我就成了不称职的母亲了），只是按照轻重缓急的程度，天空的事可以放在最后。

为花园铺上地砖？也许白色陶瓷砖？但反射的阳光会灼伤他们可怜的眼睛。烈日当头，突然飘过一朵透明的云，不巧的是云朵正好呈凸镜状，就像一面放大镜，光线正好被聚焦到花园里，白色地砖毫无疑问会强烈反射这些光线，随即又折射到孩子们身上。他们连忙用小手捂住眼睛，可强烈的光线已经晃瞎了他们，他们一个趔趄摔倒在地便什么都看不见了……上帝啊，还是下雨吧……要不铺黑色地砖，上帝，黑色地砖。可是地砖如此坚硬，如果他们在雨后脚下一滑，如果扭伤了脚，如果摔倒。诺埃尔就这样倒在地上，不幸的是没有人看见他摔倒，头上一道看不见的裂缝就藏在他漂亮柔软的头发下，兄弟们也跟平时一样对待他。于是有一天他开始说胡话，大家找原因，大家忘了摔跤的事，医生也不知道。突然，他的头颅开裂，裂缝越来越大，上半部分竟然完全分离，仿佛顶了个盖子，成了一个多毛怪兽。哦，不！不！这不是真的，千万别摔倒。诺埃尔……当心！他在哪？……对，他们在睡觉，就在我边上，我听到他们在睡觉，在他们的小床上……我会把他们吵醒，小心，别弄出声音，小心！……但地坪如果像橡胶般又软又温暖的话，就不会发生这样的事。对，他们需要的就是橡胶地面，这样很好，整个花园仿佛铺上一层橡胶地毯。可是，火呢？橡胶容易燃烧，会粘住他们双脚。还有燃烧的黑烟会让他们窒息。够了，我不能要，不行，这不行。我不该心猿意马，就像那些虚空的围墙一样就行。得叫工人们回来，叫他们回来，用一块看不见的无形地毯把围墙连接起来。在地面改造期间，他们可以留在屋子里。等改造完了，就不再有危险。不，还有天上的危险，不过刚才我已经得出结论，要先保证地面不会有任何麻烦……

她站起身。雅克莫尔不会拒绝去请工人来修建地面，当初没把全部活计一下子做完确实有点儿傻，不过我们不可能把所有事情一次就想周全，总得找找，再找找，总是想好上加好。必须给他们创建一个完美的世界，一个干净舒适无害的世界，就像放在羽毛枕头上的一枚白煮蛋内部一样的世界。

二十五

12—3 月 80 日

雅克莫尔请好干活的工人，回家路上经过教堂。因为他早上时常闲逛，便决定找神父聊聊天，神甫的某些观点他相当赞赏。他走进宽敞的椭圆形大厅，恰到好处的明暗交织使这里的宗教氛围透出一丝享乐者的快活。他来到圣器室半掩的门前，敲了三下以示他的到来。

“请进。”神甫说。

神甫穿着短裤，在拥挤的屋子里跳绳。圣器管理人坐在椅子里，手中握了个酒杯，正抿着烧酒。神甫因为跛足，跳绳的动作看起来不那么优雅，但勉强过得去。

“早上好。”圣器管理人说。

“尊敬的神甫大人，”雅克莫尔说，“我正好路过，就借机过来问候您一声。”

“任务完成了，要来口烧酒吗？”圣器管理人插嘴道。

“别老像乡下人一样说话，”神甫严肃地说，“上帝之家适合用优雅的语言。”

“可是神甫大人，”圣器管理人争辩，“圣器室就像上帝家里的一个仓库，可以放松点嘛。”

“粗鲁的人，”神甫狠狠瞪了他一眼说，“我在想干吗还把你留在身边。”

“承认吧神甫大人，留着我就是为了给你做大宣传。”圣器管理人说，“你的那些演出，我可是出了大力气。”

“对了，下一次表演你们打算怎么做？”雅克莫尔问。

神甫停下脚，仔细收起绳子塞进一个抽屉。他边说话边用一条脏兮兮的毛巾擦拭干瘪的胸脯。

“那将是场盛大的表演。”他说。

他擦完胳肢窝擦肚脐，点点头继续说：

“我要搞一场真人秀，其精彩程度将让世俗表演黯然失色。演出中裸露的漂亮女人是烘托庄严氛围的最好借口。而且，我要把主要节目搞成吸引人们接近上帝的独特方式。我打算这么做：在华丽的舞台背景下，唱诗班的孩子们穿着漂亮戏服，拖出一个金色热气球到巴斯蒂安广场，用上千根银线将其固定在地上。我则站在热气球篮筐里，随着管风琴奏出的旋律，气球上升。升到一定高度，我就把这个无赖圣器管理人扔出去。上帝会在这样一场难忘的欢乐节庆中，为自己庄严的布道展露微笑。”

“嗨，你事先可没通知我，神甫大人，我会摔扁的，我！”圣器管理人说。

“魔鬼般的家伙！”神甫骂道，“你的蝙蝠翅膀呢？”

“我有几个月没飞了，”圣器管理人说，“每次我想飞，木匠就在我屁股上撒一堆盐，他把我当成禽类。”

“那你活该倒霉，等着摔破脑袋吧。”神甫说。

“其实，最后倒霉的是你。”圣器管理人嘟哝道。

“没有你？那对我就是一种解脱。”

“嗯，允许我发表一下高见，”雅克莫尔评论道，“在我看来你们俩是一对欢喜冤家，一个衬托出另一个的价值。没有魔鬼，您的宗教就体现不出其价值。”

“就是嘛，”圣器管理人说，“您这么说我绝对不会生气。听着，神甫大人，你就承认是我成全了你。”

“滚开，”神甫说，“又脏又臭的人。”

圣器管理人听出的却是另外的意思。

“你最让人讨厌的地方，就是一直让我扮演不光彩的角色，”他补充道，“我从不说二话，你却不停地谩骂我。要是我们时不时交换一下角色就好了。”

“那我脸上挨了那么多的石块，还不是你鼓动他们扔的？”神甫说。

“要真有我什么事，你脸上挨的可不止这些。”另一个嘟囔道。

“走吧，我不怪你！”神甫最后说，“不过别忘了干活。上帝需要鲜花，需要焚香，需要被膜拜和被奢侈供奉：金子、没药、神奇视角、半人半马似的漂亮少年，还有闪亮的钻石、阳光、晨曦。而你在那，丑陋微贱，像头剥了皮的驴子在客厅放屁。好吧，说点其他事吧，你让我恼火。我肯定会把你扔下去的，这不用讨论。”

“那好，我不会掉下去的。”圣器管理人冷冷地说。他吐出一口火焰灼到神甫腿上。神甫连声怒骂。

“先生们，别吵了。”雅克莫尔说。

“对了，什么风把您吹来了？”神甫换了一副面孔说。

“我路过这里，”雅克莫尔解释道，“就顺道来看望您一下。”

圣器管理人站起身。

“我走了，神甫大人，”他说，“让您和这位先生聊天。”

“再见。”雅克莫尔说。

神甫刮着腿上被烤焦的汗毛问：

“您怎么样？”

“还行，我到村里来找工人，家里还有一两件活要做。”

“总是因为同样的原因？”神甫问。

“是的，”雅克莫尔回答，“想到孩子们会发生什么意外，她就会发疯。”

“想到他们什么事都不可能发生，她也同样会发疯。”神甫评论道。

“完全正确，”雅克莫尔说，“所以一开始我认为她夸大了危险。不过我承认这份狂热的保护欲现在倒让我生出几分敬意。”

“多么令人赞叹的爱心！”神甫说，“这样用心良苦的防范！他们至少能明白她为他们所做的一切吧？”

雅克莫尔没有立即作答，这个问题他倒没有想过。他犹豫道：

“这，我不知道……”

“这个女人简直就是圣母，”神甫说，“可她却从不来做弥撒。你如何解释？”

“无法解释。”雅克莫尔说，“其实这两者没什么联系，承认吧，这就是解释。”

“我同意，我同意。”神甫说。

“好吧，我得走了。”雅克莫尔说。

“是的，您得走了。”神甫说。

“那，我走了。”雅克莫尔说。

他对神甫说再见后，走了出去。

二十六

3–7 月 12 日

天幕上镶嵌着几块形状古怪的黄色云朵，天很冷。远处，大海发出令人不安的咆哮。花园笼罩在暴风雨前夕的灰色天空下。自从花园改建后，地面已看不见，只有少数劫后余生的灌木丛，从虚无中探出。砾石小路被保存下来，把无形的地面一分为二。

云朵悄悄相互靠近，每一次融合，都伴随沉闷的雷声，同时划出一道橙黄色闪电。天空仿佛聚拢到峭壁上方，宛如一块肮脏的巨毯。一阵巨大的静默滚压过来，在这静默背后，可以听到风正在急急赶来。开始是悄悄地，在檐口和烟囱小步起舞，随后风儿一阵紧过一阵，掠过岩石的尖角，发出尖利的呼啸。风压弯树梢，吹散第一缕雨丝，天空忽然开裂，就像一块破碎的旧瓷片。密集的冰雹劈头盖脸砸下来，敲打屋顶的石板瓦，溅起水晶般的颗粒。房子渐渐隐没在一层浓厚的雾气中。冰雹落在小路上，摔成千瓣。在狂风暴雨的不断肆虐下，大海波涛翻滚，像一锅煮沸的黑牛奶。

第一波惊恐过去，克莱芒蒂娜忙去找孩子们，万幸的是他们都待在房间里。她把他们招呼到一起，领着他们来到底楼的大起居室。外面的天空完全黑下来，夜幕包裹着窗口，把灯光衬托得如同诡异的磷火。

要是他们刚才在室外的话，早被冰雹砸烂，被这些黑鸡蛋般的冰块压垮，被尘土塞满肺泡无法呼吸。要怎样保护才足够呢？在花园上空搭个顶篷？没必要，这样还不如待在家里，家里的屋顶比任何搭建的顶篷都牢固。但如果这场冰雹持续几小时，几天甚至几周，这房子本身会不会也被压塌？堆积物的分量越来越重，屋顶是否无法承受？需要一间金属打造的屋子，一处牢不可破、无懈可击的藏身之地。得把他们放到保险箱里，像保存值钱的珠宝那样，给他们打造一个无比牢固，像时间一样坚不可摧的大盒子。明天就在此地给他们造一个，明天就动手。

她看着三个孩子，他们对暴风雨毫无防备，无忧无虑地玩耍着。

“雅克莫尔在哪？我要和他说点事。”她喊女仆。

“在他房间里，我想。”居勒布朗答道。

“去把他找来。”

大海的咆哮冲击着耳膜，冰雹还在不停地下。

女仆走后不一会儿，雅克莫尔出现了。

“是这样的，”克莱芒蒂娜说，“我想我找到最终的解决办法了。”

她陈述了自己的思考结果。

“这样的话，”她说，“他们就没有任何危险了。不过我又要请你再次帮忙。”

“明天我会去村里，”他说，“路过时，我通知铁匠一声。”

“我恨不得立刻就动工，”她说，“这样，我对他们就可以彻底放心了。我一直觉得总有一天我能找到保护他们的万全之策。”

“也许你是对的，”雅克莫尔说，“我不知道。这样需要你每时每刻做出牺牲。”

“为那些肯定能留在自己身边的人做牺牲，算不了什么。”她回答。

“他们会运动不足。”雅克莫尔说。

“我不知道运动是否对他们有好处，这是些脆弱的孩子。”

她叹了口气。

“我感觉终于要接近最终目标了，”她说，“这太了不起了，我都有点激动。”

“你可以去休息一会儿。”他有些不以为然地说。

“我不知道。我是那么爱他们，忘记了自己的休息。”

“如果你有耐性忍受这些束缚……”

“比起我已经承受过的一切，这些都不足挂齿！……”

二十七

3-7 月 14 日

从树篱的缺口，可以看见悠闲的牲口们在收割过的庄稼地里啃草。昨夜的冰雹已了无痕迹。风吹过灌木丛，树叶的影子在太阳底下跳舞。

雅克莫尔关切地注视着这一切，注视这些他以后不会再见到的风景。命运给他安排好的这个日子终于来临。

他想:要是那个 8 月 28 日我没有误入那条通向峭壁的小路该多好。而现在，月份变得如此奇怪，在乡村，时间似乎更辽阔，过得更快，失去了参照。

我吸收到了些什么呢？他们又愿意留给我什么？他们能告诉我什么？

拉格罗伊昨天死了，我要去接他的班。我一开始是空的，我原有的残缺太沉重。而羞耻，好歹是最普遍的东西。

然而，我想探寻的到底是什么？我想知道的是什么？我为什么要试着变得与他们一样？不做预设，有没有必要走到今天这一步？仅仅这一步？

他回想起那天，灵鸥在天空翩翩起舞。回想起他在这条烂熟于胸的路上留下过那么多脚印，现在却突然感觉步履如此沉重。为什么要花如此多的时间摆脱起点，为什么要一直留在峭壁上的那座房子里？明天我就要离开那里住到拉格罗伊的金子堆里。

那座房子，那个花园，背后就是悬崖和大海。安热尔又在哪里？雅克莫尔心想。乘着那条在水中颠簸不太牢靠的船，他去了哪里呢？

他走出金色围栏，沿贴着峭壁的小路一直下到沙滩。湿润的鹅卵石，在海浪泡沫的抚摸下，散发着大海咸湿的气味。

安热尔出走前的痕迹几乎消失殆尽，船下水用的栈道燃烧时熏黑的几块石头，就是全部的印迹了。他呆立原地，茫然地抬头仰望。

三个孩子在悬崖边缘奔跑着，跑得飞快。因为距离和角度的缘故，他们的身影看上去那么小。他们仿佛是在平地上奔跑，根本不顾脚下石块的磕碰，也不管近在咫尺的万丈深渊，显然是玩疯了。只要他们稍有不慎摔倒，只要脚下踏空一步，我走过去抱起的，就将是血肉模糊的他们。

他们玩耍的小路通向一个边境口岸，不远处有一道天堑，他们仨谁也没有停下脚步的意思，肯定是忘了这个危险。

雅克莫尔握紧拳头。喊住他们？又怕他们受惊吓反而摔下去。他们看不到从他这个角度可见的那道天堑。

已经太迟了，西特罗昂走在最前头，奔向天堑。雅克莫尔握着的拳头已全无血色，忍不住叫出声。孩子们转过头，看到了他。他们随即朝深谷纵身一跃，划过一道急骤的弧线，忽然就降落在他身边，像满月的小燕子那样叽叽喳喳笑闹着。

“你看见我们了吧？雅克莫尔叔叔。”西特罗昂问，“但你不许说出去。”

“我们装着不会飞。”诺埃尔补充道。

“这很好玩的，嗯，”乔埃尔说，“你和我们一块玩吧。”

雅克莫尔恍然大悟。

“那天，和鸟儿一起飞的，就是你们？”

“是的，”西特罗昂说，“你知道吗，我们看见你了。因为我们想飞得更快，所以没有停下来。还有，你知道吗，我们没有告诉任何人我们会飞。我们等飞得更好了才告诉妈妈，给她一个惊喜。”

给妈妈一个惊喜。可你们知道她给你们准备了怎样的惊喜？情况完全不同了。

现在，她不能那么做了，必须让她知道。这种情况下仍把他们关起来……我必须做点什么，我得……我不愿接受……我还剩一天时间，我还没在红色河流的那条船上……

“去玩吧，孩子们，”他说，“我得上去跟你们的妈妈说点事。”

他们贴着浪花飞了一圈，又回到他身边，簇拥着他，帮他翻过最高的岩石。过了一会儿，他就来到山脊，步履坚定地朝房子方向走去。

二十八

“可是，我不明白，”克莱芒蒂娜吃惊地说，“昨天你还认为这是个好主意，现在你却说这样做不可理喻。”

“我一直是赞同的，”雅克莫尔辩解道，“你的办法对于保护他们十分有效，但有个问题你想过没有，你忘了问这个问题。”

“什么问题？”她问。

“他们真的需要这样的保护吗？”

她耸耸肩。

“那还用说，一想到可能落到他们头上的那些危险，我就整天寝食不安。”

“用假设的东西来说事，通常是无能的体现，或者是自负。”雅克莫尔说。

“别扯些离题的话，至少这次，你像正常人一样说话吧。”

“听着，”雅克莫尔坚持道，“我很严肃地请求你别那么做。”

“什么理由，”她问，“你倒是给我解释一下！”

“你不会明白的……”雅克莫尔嘟哝着。

他不敢泄露他们的秘密，至少替他们保留最后这点东西吧。

“我想我比任何人都清楚什么是对他们有益的。”

“不，”雅克莫尔说，“他们比你更清楚。”

“这太荒谬了。”克莱芒蒂娜生气地说，“这些孩子时时刻刻面临危险，当然其他孩子也一样。”

“他们拥有你所不具备的自我保护能力。”雅克莫尔说。

“说到底，你不可能像我那样爱他们，所以你也不可能体会到我的心情。”

雅克莫尔一时语塞。

“当然，我怎么可能像你那样去爱他们？”他最后说。

“只有当母亲的才能理解我。”克莱芒蒂娜答。

“可是关在笼子里的鸟，会死的。”雅克莫尔说。

“会活得很好，”克莱芒蒂娜针锋相对，“也许这是我们能够正确照料他们的唯一场所。”

“好吧，看起来说什么都没用。”雅克莫尔说。

他站起身。

“我要和你说再见了，不过很可能我再也见不到你。”

“当他们习惯后，”她说，“也许我有时间偶尔去一下村里。再说了，我更搞不懂你的那个心结。说到底你也封闭自己。”

“我不把别人封闭起来。”雅克莫尔说。

“我的孩子和我是一体的，我是那么爱他们。”克莱芒蒂娜说。

“你看世界的方式真奇怪。”他说。

“这也正是我对你的看法。我对世界的看法没啥奇怪，他们就是我的世界。”

“不，你搞混了，”雅克莫尔说，“你希望成为他们的世界，从这个意义上说，这具有摧毁性。”

他站起来离开屋子。克莱芒蒂娜看着他远去的背影，心想，他看上去并不快乐，肯定是在想念他的母亲了。

二十九

3-7 月 75 日

三个黄月亮，每人一个，刚刚在窗口升起，朝三兄弟眨着眼睛。他们穿着睡衣挤在西特罗昂的床上，在那里可以清楚地看到月亮。他们的三个玩具熊乖乖地唱着龙虾摇篮曲，绕床脚跳舞，但声音非常轻怕吵醒克莱芒蒂娜。西特罗昂坐在诺埃尔和乔埃尔之间，一副沉思的样子。他把什么东西藏在手心里。

“我在找词语，”他对哥哥们说，“开头的那几个词……”

他停下说话。

“行了，我找到了。”

他双手并拢放到嘴边，低声说了几句话。然后把手里的东西放到床罩上，是一只白色的叫蝈蝈。那些玩具熊立刻跑过来围坐一圈。

“让一让，我们什么都看不见了。”乔埃尔说。

小熊们挪挪位置，背对床脚。叫蝈蝈对大伙打了个招呼，然后开始表演杂耍。孩子们看得目不转睛。

但它很快厌倦了，向他们递了个飞吻，一跳老高不再下来。

不过没人在乎，西特罗昂竖起手指头。

“我还知道其他好玩的，”他一本正经地说道，“要在皮毛里找到跳蚤，得先被咬三下。”

“什么意思？”诺埃尔问。

“那意思就是，我们想变得多小就能变多小。”

“小到可以钻过门缝？”

“钻过门缝，当然啦。”西特罗昂说，“还可以变得和跳蚤一样小。”

小熊们很感兴趣，凑过来。

“那倒过来背口诀，是不是就能变大？”它们异口同声地问。

“不行，”西特罗昂说，“再说了，你们这样不是挺好。不过要是愿意的话，我可以让你们长出猴子尾巴。”

“没意思！”乔埃尔的小熊说，“谢了！”

诺埃尔的小熊赶紧逃开。第三只小熊则犹豫着。

“我要想一想。”它应道。

诺埃尔开始打哈欠。

“我困了，我到自己床上去了。”他说。

“我也困了。”乔埃尔说。

几分钟后，他们睡着了。只有西特罗昂还醒着，眨着眼睛看自己的双手。用某种方法眨眼睛时，可以多长出两个手指头。明天，他要教会哥哥们。

三十

3–7 月 16 日

铁匠的小学徒十一岁，叫安德烈。拉车的皮带子斜挎在他的脖子和一侧肩膀，他使着吃奶的劲前行。边上，狗儿也在帮着拉车，铁匠和同伙则跟在后面轻松走着。遇到太陡的上坡，他也稍微推一下，嘴里少不了一连串辱骂安德烈的话。

安德烈肩膀生疼，但一想到可以进入峭壁上那座房子的花园里，他就兴奋得发抖，咬紧牙关拉车，村子里最后几幢房子已经近在眼前。

红色河流上漂着拉格罗伊的那条旧船。安德烈看了一眼，现在已经不是那个老头了，是另一个奇怪的家伙，穿着同样的破烂衣服，但有一把棕色的胡子。他弓着背，看着光滑黏稠的水面不动，任凭水流载着他。铁匠和同伙快活地朝他叫骂着。

大车拉起来真艰难，因为铁板太重，那些厚厚的、焊接成方形、被炉火熏成微蓝的铁板。这已经是第五车了，前四车，他们都是把车停在围栏门外，由其他人卸下铁板搬到花园里。这最后一车，安德烈可以跟着一起进去。万一铁匠干活时需要其他东西，他可以在花园和村子两头跑腿。

在孩子急迫的脚步下，灰色道路显得更加漫长。车轮从凹坑和车辙印里碾过，发出嘎嘎吱吱的响声。天色昏沉不见阳光，但似乎也不会下雨。

铁匠快活地吹着口哨，双手插在衣袋里，不紧不慢往前走。

安德烈握着车把浑身发抖，恨不得变成一匹马，好走得更快。

他加快脚步，心跳也更加剧烈。

道路终于拐了一个弯，可以看见那座房子的高墙和围栏了。

板车停下，安德烈正想掉头把车拉进去时，铁匠却说道：

“你待在这里，等着。”他眼里闪过一丝不怀好意的狡黠。

“我们俩把车推进去，你应该很累了。”他说。

他朝安德烈的屁股上狠狠踹了一脚，因为安德烈解下车套带时动作慢了点。安德烈痛得大叫一声躲到墙角，双手捂住脑袋。铁匠狰狞地大笑，轻松拉起板车穿过围栏门，门又重重关上。安德烈听到车轱辘碾压着砾石路越走越远，然后什么也听不见了，只有风吹动着高墙上的常春藤。他吸吸鼻子揉揉眼睛坐在地上，他只能等着。

他肋骨上忽然重重挨了一脚，一下子从睡梦中惊醒，站了起来。天色渐黑，老板正站在他面前讥讽地看着他。

“你很想进去，嗯？”他问。

安德烈没有回答，他还未完全醒呢。

“去把我留在屋子里的大锤子拿回来。”

“哪间屋子？”安德烈问。

“动作能快点吗？”铁匠咆哮道，拳头已经举起来。

安德烈撒腿就跑。尽管他很想去看看花园，但还是朝房子直接奔过去。路过花园时，看了一眼那个空荡荡的空间，在没有阳光的天空下很瘆人。安德烈来到石台阶前，十分害怕。但一想到老板的嘱咐，便硬着头皮上前。必须找回铁锤。

起居室的灯光从开着的窗户泻出，洒到石阶。门虚掩着，安德烈怯生生地敲了两下。

“请进。”传来一个温柔的声音。

他走进去，眼前是一位高大的太太，穿着漂亮的裙子。她看着他，脸上没有一丝笑容。她看人的样子，让人心里有点发虚。

“我老板忘了他的大锤子，我来取。”他说。

“好吧，”那位太太说，“那么快点，小家伙。”

安德烈转身时看见三个铁笼子，立在那间清空了家具的大屋子里，有中等个子的人那般高。厚厚的挡板遮住了里面的部分空间，但有人在里面走动。每个笼子中放了一张舒适温暖的小床，一把椅子和一张矮桌，一盏灯照亮内部。他凑过去找锤子时，瞥见一些金色的头发。他想看清楚，但有些紧张，因为感觉刚才那位太太正在盯着他。他一边弯腰捡铁锤一边睁大眼睛看。当他的目光与他们的目光相遇时，他才发现笼子里还有其他孩子。其中的一个在要什么东西，那位太太打开笼子走进去，对孩子说了一些安德烈听不明白，但是很温柔的话语。他的目光再次与那位从笼子里出来的太太的目光相遇。他对她说：再见，太太。然后在铁锤的重压下，弯着腰慢慢走远。快走到门口时，有个声音喊住他：

“你叫什么名字？”

“我，我叫……”另有一个声音在说话。

他就听见这两句话，因为有人虽不粗暴却很坚决地把他推到门外。他走下石台阶，脑中一片混沌。来到金色栅栏门时，他最后一次回头。能够那样待在一起，在一个温暖充满爱意的笼子里被宠爱，该是一件多么美好的事啊。他朝村子方向走去，其他人并没有等他。他身后的栅栏门也许被一阵风关上了，发出一记沉闷的响声。风从栅栏间吹过。

· 译后记 ·

在词语的尽头

鲍里斯·维昂是一位天才。他的才华在这本《空心人》中继续闪烁光芒。小说分三个部分，情节随一位叫雅克莫尔的心理医生无意中来到一个诡异的小村子而展开。他称自己是“空”的，他需要替别人做精神分析，汲取别人的精神来填充自己。他来到悬崖边的一座房子，帮助女主人克莱芒蒂娜产下三胞胎。随后他在这里住下并发现邻村有一些非常古怪的事情：老年人被拍卖，小学徒被虐待……

比起维昂的前几部小说，《空心人》显得更加沉重和阴郁，但一如既往地充满黑色幽默和无情讽刺。也许是为了缓和这份沉重，维昂在悲惨的现实世界之外，虚构了一个平行的充满诗意的童话世界。在维昂的笔下，时间消融，万物有灵。孩子会飞，小鸟会说话，大树会痛。全书充满了天马行空的想象。

小说围绕三个主题，直面了童年、道德与宗教，混合着诗意、激情与荒诞。首先是童年，作者为我们呈现了母亲与孩子之间的极端关系。克莱芒蒂娜因为在分娩时吃尽了苦头，便觉得自己拥有对孩子们的一切权利，甚至以爱的名义把他们囚禁在铁笼子中。

其次是道德，在维昂描述的这个村子里，道德不存在，人们虐待老人，虐待孩子，虐待动物。最后只需付些金币给拉格罗伊，便可把全部羞耻卸到他身上。雅克莫尔从最初的不解、愤怒到后来的入乡随俗。他也开始殴打小孩，也开始付钱给拉格罗伊。因为，他若不这么做，他就是有错。最后，维昂通过一位有独立特性的神甫形象，对宗教狠狠嘲弄了一番。

“Psychanalyser”（精神分析）这个词，贯穿小说的始终，作者对潜意识问题进行了深入探究，使小说具有强烈的超现实主义色彩。在翻译的过程中，我意识到“Psychanalyser”是读者切入作者视角，读懂全书的一把钥匙。

例如本书的主人公雅克莫尔的法语Jacquemort，分开来读就是“雅克死了”。因为他的心已被摘，所以是空的，没有欲望，没有激情，需要通过分析别人来填充自己，雅克莫尔说自己是达那伊得斯之桶，意即填不满的无底洞。

小说对潜意识的探究体现在三个方面。

首先，维昂杜撰了大量字典中不存在的单词，但每个词又充满深意，唤醒读者的潜意识，让人即刻联想到另一些意象。他杜撰这些词语的路径也是丰富多彩、光怪陆离的。首先是词语上的暗示：除了上文提到的雅克莫尔，书中另一位象征性人物拉格罗伊，原文是La Gloïre，法语中有一个词La gloire，是“光荣”的意思。而拉格罗伊恰恰是个专门收集和背负全村羞耻的人物。这其中的深意，读者可以充分想象。又如克莱芒蒂娜一开始称自己的三个孩子为“salopiot”，这个词同样是维昂自创的，可能来自salopiau（d），民间俗语“邋遢鬼，坏蛋”的意思。因为克莱芒蒂娜认为男人是脏的，男人让女人怀孕、生孩子、受苦。我这里只能把salopiot译成“邋遢鬼”，但已经丧失了原文的奇妙。他还杜撰了很多植物、动物的名称，同样具有深意。例如克莱芒蒂娜的花园里长着许多奇花异草，有一种植物叫Calaïos，法国人一看，大部分人就会联想到法国北方一个临海悬崖上的城市Calais，而克莱芒蒂娜的花园正好也是在临海的悬崖上。这种即刻的联想让人深深叹服维昂生造这些词语的奇思妙想，让阅读过程充满奇妙的愉悦。这样的例子还有很多。

其次，是文本的暗示，这比词语的暗示更挑战读者的文化背景和阅读积累。比如第一部分第十一章有一段描写雅克莫尔在路上行走，路边出现一条红色小河和一些农舍。“他开始小跑起来，从这一处或那一处的空屋里传来多余的嘈杂声。每一座房子混杂的气味扑面而来，雅克莫尔努力分辨着其中独特的芳香。”对于熟悉波德莱尔诗句的人来说，这一段很容易让他们联想到波德莱尔的一首诗《感应》。“若阵阵悠扬的回声遥相呼应 / 阴阴森森深邃深远浑然一体 / 即像夜色无边又如光明无际 / 芬芳、色彩和音响互相呼应。”还比如在第十二章，雅克莫尔去木匠铺，维昂对室内陈列的描写：“向下塌陷的屋架上挂着乱七八糟的东西：刨锯旧刀片、一只绿老鼠、一把弓形夹和一堆破破烂烂的工具。”在一堆真实的工具中，很突兀地出现了“绿老鼠”这个词。中国读者可能会莫名其妙，法国读者一看，肯定能联想到一首家喻户晓的儿歌：“一只绿老鼠呀，跑在草丛中，我抓住它的小尾巴呀，递给先生们……”相比杜撰新单词，维昂在这里用了另一种文字游戏的方式。

最后，是文字节奏、音律上的暗示。维昂是作曲家和出色的小号演奏家，在这本书里句子经常是被切割的，从一处迅速跳跃到另一处，从文本上很难理解其意思。但是这种节奏感，对于熟悉维昂的读者来说，也许会联想到他的一些爵士乐作品，比如著名的《小花》。类似的例子还有第二部分第十四章的那一段儿歌，歌词本身有没有象征意义很难说，但主要体现了一种节奏和韵律。遗憾的是这种微妙翻译到中文就失了许多味道，这是语言转换的局限性。

当然，以上种种只是我个人的解读和理解。维昂小说的巨大魅力在于唤起人的潜意识，激发每个人不同的联想。甚至你读第一遍的时候，书中的某些段落唤起的是你这一部分的潜意识，明天你读第二遍的时候，同一段落唤起的可能是另一部分潜意识。法国思想家布朗基认为：所谓的阅读就是让人得到自由，让书得到自由。鲍里斯·维昂的书，从某种角度而言，就是这样充满“自由”的书。

综上所述，这样一部作品很难翻译。曾经看到过一篇论文，讨论鲍里斯·维昂的作品到底能不能翻译。论文作者的结论是可以翻译，但要加上大量注解。我水平有限，虽然竭尽全力，仍无法充分呈现原文之精妙，翻译过程倍感艰辛。幸好在本书的翻译过程中，对于原文的理解方面，我多年的法国朋友L先生给了我巨大的帮助。而在中文表述方面，另一些朋友帮助我“咬文嚼字”。在此我对他们表示深深的谢意。

徐晓雁

2013年9月7日于上海